「今度のドレスには、自信があるの」
「悪いことは言わない。私が贈ったドレスにしておけ」

シャール
メルキュール伯爵。
魔法に関して、抜群のセンスをもつ。
アウローラを敬愛し、
写本などの収集が趣味。
ラム
メルキュール伯爵夫人で、
前世は伝説の魔女アウローラ。
今世は体が弱いものの、
魔法の才能は健在。

エペ
オングル帝国に存在する
裏社会の王。
前世はアウローラの一番弟子で、
がさつな言動に反して繊細な
魔法操作が得意。
ランス
モーター教の教皇。
アウローラの三番弟子で、
延命魔法の力で
500年間生き続けていた。
カノン
ラムとシャールの息子。
血のつながりはないが
ラムたちとの関係は良好。
次期伯爵としての修行に励んでいる。
フレーシュ
レーヴル王国の第一王子。
前世はアウローラの二番弟子で
水や氷の魔法が得意。

「私、全ての記憶を思い出したわ」

転生先が気弱すぎる伯爵夫人だった

～前世最強魔女は快適生活を送りたい～

3

Ageha Sakura
桜あげは
ill. TCB

CONTENTS

① 伯爵夫人、伝説の魔女だとばれる

I was the countess who was too wea when reincarnated. The strongest witch of the past wants to lead a comfortable life.

きっかけは何だっただろうか。

暗く閉鎖的で逃げ場のない学舎の中、五歳のシャールは膝を抱え全てを諦めきっていた。

牢獄《ろうごく》のような部屋で与えられた安物の服に袖を通し、わけのわからぬまま虐待に近い訓練を課され、それを乗り越えられなければ待っているのは悲惨な死。

仮にシャールが倒れたとしても、その死を悼む者は誰もいない。

魔力が発覚した途端に豹変《ひょうへん》し、シャールを遠ざけるようになった実の両親に、生徒たちを物のように扱うメルキュール家の大人たち。彼らが自分を弔うことはないだろう。

ただ、ゴミのようにうち捨てられて終わりだ。

学舎に入ってからのシャールは、事実そのような子供たちを目にしていた。

彼らは訓練先に置き去りにされたり、密《ひそ》かに連れ出され人知れず処分されたりする。

何のために自分が生きているのかわからないが、それでもシャールは死を望んでいなかった。

何人もの子供が押し込められている学舎の大部屋の中、自分に与えられた寝台で縮こまったままのシャールは、視線を隣の寝台に移す。

そこは先日亡くなった生徒の使っていた場所だった。シャールより少し年上の気さくな少年で、何が楽しいのか、無愛想なシャールの世話を焼き、よく話を振ってきた。

異国の生まれで親はなく、メルキュール家の噂《うわさ》を聞いた親戚に売られてきたらしい。

寝台の上には、一冊の絵本が置かれていた。

少年が学舎へ来るときに持ち込んだという、数少ない持ち物の一つだ。読み書きが苦手な彼が、大事にその本を眺めていた光景を思い出す。

このまま放っておいたら、大人の誰かが処分するだろう。

何の気なしに寝台を下りたシャールは、手を伸ばして本を持ち上げる。

実家で貴族として育てられていたため、シャールは幼い頃から文字が読めた。

「何？……伝説の、魔女？」

国内では珍しい、魔法使いについて書かれた本だった。

「アウローラ・イブルスス？」

ブリュネル公国という国で書かれたらしい絵本の中身は、一人の魔法使いの冒険譚《ぼうけんたん》のようだった。

主人公のアウローラは様々な種類の攻撃魔法を扱える天才で、雷魔法で村人を襲う魔獣をやっつけたり、火魔法で氷の城に囚《とら》われた王子を助けたり、光魔法で悪い組織を壊滅させたりと大活躍している。

しかも、あとがきには、アウローラは五百年前に実在した人物で、事実多様な魔法を使うことができたのだと書かれていた。

忌み嫌われる魔力持ちとして生まれながら、今も尚《なお》、尊敬され続けている伝説の魔女。

隣にいた少年は何を思い、この絵本を見ていたのだろうか。数種類もの魔法を扱えるなんて、眉唾もいいところなのに。

「……」

しばらく本を睨《にら》み付けていたシャールは、それを自分の寝台の上へ移動させた。

(魔法を極めれば、伝説の魔法使いのように他人から必要とされるだろうか)

アウローラの存在は、真っ暗だったシャールの未来にわずかな光を灯《とも》した。

※

攫《さら》われた妻を追って転移したシャールは、気づけばオングル帝国までたどり着いていた。

荒涼とした大地にぽつんと建つ怪しげな邸宅に侵入すると、組織立った魔法使いたちが次々に襲ってくる。これほど多くの魔法使いが一カ所に集まっているのは、魔力持ちが忌まれる現在ではあり得ない現象だった。

そもそも、魔力持ちの子供が集められるメルキュール家ですら、他国からすると珍しい存在だ。

普通は隣国レーヴル王国のように、魔力持ちたちは魔法を隠しながら普通に生活している。ただ、完全に隠し通すのは難しく、国内での差別的な扱いに繋《つな》がっているわけだが。

ここまで統率された、メルキュール家以上の規模の魔法使いの組織というのは、異例のことだった。しかも、この場にいる者たちはもれなく、現代には存在しない魔法を使っている。

それらは、シャールたちが学んだ内容と同じ、五百年前の魔法だった。ラムを攫ったのは、五百年前の知識を持つ者らしい。

明るみに出れば、間違いなくモーター教の干渉を受けるはずである。なぜなら、モーター教の聖人や聖騎士もまた、五百年前の魔法を知っているからだ。彼らは魔法による優位性を維持し、知識のないほかの魔法使いを力で牽制《けんせい》していた。

かつてはシャールもモーター教に牽制され、搾取される側だったのでよくわかる。変われたのは妻であるラムのおかげだ。

そうしてようやく会えた妻は、やたらとギラギラした部屋の中、元弟子だと名乗る男に捕まっていた。

さらに、その男はラムを「アウローラ」と呼んでいる。それは、シャールが憧れてやまない伝説の魔法使いの名前だった。

幼いシャールの心を救った特別な存在。

(ラムが、アウローラ?)

シャールは大変な衝撃を受けた。

だが、冷静になると……二人が同一人物だったとしても、違和感なく受け入れられる自分がいる。

ラムは決してシャールに事実を告げなかったが、またシャールもラムの言葉に対し深く突っ込む真似《まね》はしなかったが、思い返せば共通点は呆《あき》れるほど多かった。

同じ五百年前に生きていたこと。よく似た容姿と珍しい髪色。秀でた魔法知識に、それらを難なく扱う能力。

それに、ラムの二番弟子だという、レーヴル王国第一王子のフレーシュが放った意味深な言葉。

（ああ、やはり……）

心のどこかで、ずっと疑っていた。

それが今、はっきりと形になり、シャールに突きつけられただけにすぎない。

子供の頃から憧れていた、伝説の魔女の生まれ変わりが、自分の妻だったのだと。

「……」

シャールは目の前の現実を直視する。

伝説の魔女は毎日、いつ倒れるともしれない体の弱さを発揮していて、気をつけていても頻繁に倒れる。しかも料理は不味《まず》く、趣味は悪く、気まぐれで頑固だ。

幼い時分から勝手に思い描いていた、理想上の「伝説の魔女」の姿は、ガラガラと音を立てて崩れ去っていった。今だって、伝説の魔女は元弟子に簡単に攫われている。

どうやら自分は、勝手に脳内で美化した伝説の魔女を作り上げ、崇《あが》めていただけだったらしい。

（私はいったい、何に夢を見ていたのだか）

なんだか全部が阿呆《あほ》らしくなり、シャールは小さくため息を吐《つ》く。

わかるのは、過去も今も自分は妻に救われていたという事実。それだけで十分だ。

（今はラムの身の安全を確保しなければ。雑念は捨てろ）

現在、ラムはまだ、怪しい男に捕まったままなのだ。物理的に。

気まずそうな目をシャールに向けながら、ラムは後ろから自分を抱え込む男の腕からの脱出を図っている。全然出られていないが。

しかも、場所が寝台の前という、絶妙にいらつく位置だった。

「ラム、話はあとで聞く。うちへ帰るぞ」

「わ、わかってるけど。その、逃げられないのよ」

魔法を使えばすぐ抜け出せるだろうに、ラムはなかなか男の腕から出てこない。

「なぜ、魔法を使わない？」

様子がおかしいと思っていると、ラムが困ったように声を発した。

「シャール。実は今、私は魔力を魔法に変換するのを妨害する魔法をかけられているわ。解除しようと頑張っているけど苦戦中で」

人は魔法を使う際、体内の魔力循環を活性化させて練り上げ、それを外に魔法として放出する。

おそらくラムにかけられた魔法は、そのいずれかの工程を阻害するものなのだろう。

だから、彼女は力業で男の腕から抜け出そうとしていたらしい。あんなひ弱な体で暴れても無意味だというのに。

「はぁ」

再びため息を吐いたシャールは、つかつかと部屋の奥にいるラムの傍《そば》まで近づき、彼女の手を取り引っ張り上げる。

だがその瞬間、至近距離から真っ黒な風の刃が放たれた。

「……っ！」

ラムの後ろにいた男の仕業だ。

シャールは咄嗟《とっさ》にラムに教わった魔法で防御する。反射神経のいいシャールでなければ、今の一撃で致命傷を負っていただろう。相手は本気でシャールを消しにかかっていた。

「ちょっと、エペ！　危ないじゃないの！」

ラムが男に向かって抗議している。しかし相手は「アウローラはいつも弱者の味方だからな」と取り合わない。

どうやらこの男が、来る途中で見た男たちの話していた「エペ」らしい。つまり、ここにいる組織の頭だ。向こうがシャールに敵意をむき出しにしているのと同じく、シャールもまた妻に無体を働く男を許す気はない。

「ラムを放せ」

冷たく命令すると、エペはラムを拘束する腕に力を込めて言い返してきた。

「てめぇこそ、とっとと散れ」

シャールに対する悪意がむき出しだ。

「断る」

互いに一歩も譲る気がないのは明白だった。

「アウローラ、お前の旦那、やっちまうけど恨むなよ？」

エペが再びシャールに向けて、禍々《まがまが》しい真っ黒な風魔法を構える。

「待って、エペ！　シャール、とりあえず逃げて！」

「……!?」

「この子は私の一番弟子。今のあなたでは苦戦してしまうわ」

ラムがこの場で「逃げろ」と指示したのはきっと、エペの実力が現在のシャールの上を行くからだ。自分が様々な魔法を使えるようになったのは、つい最近のこと。

五百年前の知識を持つアウローラの弟子と渡り合うのは難しい。

（それは理解できるが、なんとなく腹立たしい）

シャールは冷静に今の状況を分析する。

目の前の相手は、あの王子よりもさらに厄介らしい。

（ここまで来て手ぶらで逃げ帰る気はない）

そろそろ、正面の敵を片付けた双子が、この部屋に辿《たど》り着く頃だろう。

途中の妨害要員は排除してきたから、時間をかけることなく来られるはずだ。

※

現在、私——ラムは必死に頭の中で、魔力封じを解除するための魔法構築を行っていた。

ここで解除できなければ、師匠としての沽券《こけん》に関わるし、なによりシャールがピンチなので。

今となっては、彼は私の大事な家族だし情がある。身を案じてしまうのだ。

（シャールのポテンシャルは高く未知数。でも、今の彼は魔法知識や対魔法使い戦の経験に乏しい。身体能力はエペを上回るものの、相手は即席で厄介な闇魔法を繰り出す、弟子の中で一番の問題児）

そして、その問題児は今世で二十年近く腕を磨き続けていた。

（私もエペがどこまで成長したか把握できていない）

今、彼を相手取るのは、さすがのシャールでもリスクが高い。

だから、『逃げて』と告げたが、シャールは逃げるどころか、向かって行く気満々だ。エペも本気でシャールを倒すつもりに見える。

まったく思い通りにならない、負けん気の強い二人だった。

（二人とも言うことを聞いてくれないし、私がエペにかけられた魔法の解除を急ぐしかないわね）

私は再び魔法の解除に集中する。が、エペが後ろから頰をつついたり、つまんだりして、ちょっかいを出し、魔法解除の邪魔をしてくる。彼は未《いま》だ、私を背中側から捕まえたままの体勢なのだ。

それを見たシャールがますます殺気立った。

「なんだ、アウローラ。もう半分も魔法を解いたのか、さすがだな。それじゃあ、妨害魔法を追加しとくか」

「へっ!?　追加って!?」

嫌な予感がした私は、身をよじって暴れる。すると、エペの腕から脱出できた。

背後でエペの闇魔法が蠢《うごめ》いていたので、逃げて正解だったようだ。二重で魔法をかけられては、解除に数日かかってしまう。

通常なら自分の魔法で相手の魔法をはじき返したり、無効化したりできるが、今の私はまだ半分しかエペの魔法を解けていない。よって、使える魔力も半分に満たない。

そんな状態で、彼の強力な魔法に対処することは不可能だ。

「ねえ、シャール、エペ。ここで争いを繰り広げるよりも、まずは話し合いましょう。きっと双方にとっていい解決策があるはずよ」

「それ、俺にメリットはないよな？」

とりつく島もないエペの反応を見て私は焦る。

「私も反対だ。こいつは話が通じるとは思えない」

シャールも私の提案をばっさり切り捨てた。

「アウローラを巻き込む気はねぇから、お前はそこで大人しくしていろよ。くれぐれも間に入ってこないように」

「そうだぞラム。魔法を使えない状態で出てこられては危険だ」

なぜか最後には、私が二人から説教される羽目に陥った。解せない……。

話し終えたエペは私から距離を取ると、身構えるシャールに向かって、対象を全て呑《の》み込む闇魔法を向ける。

（私が以前、聖人たちに使った魔法の改悪版だわ。呑み込んだ闇の中で対象に攻撃魔法を放ち続け

る、絶対に二度と相手を外に出す気のない凶悪魔法)

そして、エペは躊躇《ためら》いなくそれをシャールに放った。

抜群の反射神経でそれらをかわすシャール。学舎で過酷な鍛錬を受けてきたせいか、普通は魔法で対処するところを、彼は体術でこなしてしまう節がある。

それでも状況は不利で、シャールの打ち出す雷魔法はことごとくエペに相殺されていた。

「ふん。ド素人のヒヨコ野郎にしては、マシな魔法を使うじゃねえか」

しかし、再びエペが闇魔法を放とうとしたタイミングで、廊下の方から誰かの足音が複数聞こえてきた。

(まさか、エペの部下たちが来たの？　エペ一人でも大変なのに、仲間が増えたら太刀打ちできないわ)

私は内心焦り、ことによってはシャールの逃げる時間を稼ごうと、ベッドにあった枕を構える。

エペは枕ごときでどうにかなる相手ではないが、何もしないよりマシなはず。

(いざとなれば、枕だけでなく布団も投げましょう。ひ弱なラムの腕では、どこまで飛ばせるかわからないけれど)

しかし、続いて入り口から現れたのは、私がよく知る人物たちだった。

同じ髪型で異なる髪色の双子が、慌てた様子で部屋に駆け込んでくる。

「シャール様、ご無事ですか!?」

「庭は制圧してきたし、子供は屋敷に戻しておいたから心配いらないよ。奥様は……あ、いた」

私は身を乗り出し、彼らの名を呼ぶ。

「フエ、バル！」

「……奥様」

こちらの無事を確認した二人は、やや安堵《あんど》した表情になった。

そんな二人に、シャールが早口で指示を出す。

「ラムは今、魔法を使えない状態だ。私は、この男を片付けなければならないが、こいつはラムと同レベルの魔法を扱える」

今のエペの実力は未知数だ。彼の魔力量は平均に毛が生えた程度だが、魔法知識の量、新たな魔法を生み出すセンスは馬鹿にならない。

（エペは相手に合わせて即席で魔法を構築できるけれど、シャールたちにそんな技術はないわ。彼らにはまだ教えていなかったから）

相手が三人になったが、エペはまるで動じない。勝算があるのだろう。

「ヒヨコが三羽に増えたところでなんになるんだ？　全員まとめて焼き鳥にすればいいだけだろ」

エペは私のいるベッドの周りに光魔法の壁を作って、攻撃魔法が当たらないようにする。

この魔法は全ての攻撃魔法を弾《はじ》いて、中にいる私を守るためのものだ。

続けて彼は、大規模な闇魔法と火魔法を展開し始めた。

「やめなさい、エペ！　建物を破壊する気？」

「だからこその闇魔法だろ、アウローラ。いくら炎を使おうが、闇魔法で作り出した空間内では外部に影響は及ぼさない。こいつらを闇魔法の中に囲い込んでから、同じ闇の攻撃魔法で仕留めるんだよ」

息をするように簡単に複数の魔法を操ってシャールたちを攻撃するエペ。彼にかかれば属性も系統も関係ない。

（エペの張った光魔法の壁のおかげで、私の身は守られているけれど）

やはり今のメルキュール家にとって彼は、格上の相手だ。

（さすが私の一番弟子……。厄介すぎる）

案の定、しばらくすると三人が押され始めた。身体能力でカバーしているが、それがなければとっくの昔にエペに倒されていただろう。

メルキュール家の皆は器用に闇魔法を避けてはいるが、それだけで手一杯。魔法でエペに反撃する余裕はなさそうだ。

（私にかけられた魔法が解けるまで、あと少し。皆が逃げてくれないなら、せめて持ちこたえてちょうだい）

焦っていると、不意に周囲の気温が下がったような感覚がした。

「……っ!?」

最初は妙に涼しく感じるくらいだったものが、徐々に肌寒さを覚える程度になってくる。

ここが室内ということを鑑みると、あまりに唐突で不自然な温度の下がり方だ。

（もしかして、これは）

エペも何かに気づいたように周囲に視線を走らせた。

「ふん、あいつも来たみたいだな。ヒヨコに先を越されるなんて、相変わらずのとろくささだ」

彼が言葉を切った瞬間、音を立てて部屋の奥にあった大きな窓が割れた。冷気がさらに強まる。

私は窓の方を見て、予想通り現れた相手に呼びかけた。

淡い金色の髪を靡《なび》かせた青年が、人形のような無表情で窓枠に手をかけている。ちなみに今いるのは一階ではないので、彼は魔法で上がってきたのだろう。

「フレーシュ殿下……」

窓から顔を出したフレーシュは、現レーヴル王国の王子だというのに、たった一人で乗り込んできたらしい。

彼の実力に匹敵する部下がいなかったのか、別の場所に待機させているのかはわからないが、兄弟子に対抗できるのは自分くらいだと判断したのかもしれない。

フレーシュは一人ベッドの上にちょこんと乗ったままの私を目にして、ある程度事情を察したようだ。昔から、彼は鋭い部分とおっとりした部分を併せ持った弟子なのである。

「師匠、大丈夫!? あのクソ……こほん、あそこにいる兄弟子殿によく似た人に、何されたの？でなければ師匠は、さっさと魔法でお仕置きなりなんなりして、ここを逃げだしているだろうからね」

「正解よ。彼はあなたと同じように転生したエペ本人。私は城から攫われて、今は彼の魔法を食らって魔法が使えない状態なの。もうすぐ解除できそうなんだけど」

事情を話すと、フレーシュはわなわなと震え始めた。

「許せない。無力な師匠を独り占めして部屋に連れ込むなんて」

「えっ？　怒るのはそこ？」

私の指摘には答えず、彼はつかつかと部屋の中心へ進み、真正面からエペを睨み付ける。

「五百年ぶりだね、兄弟子殿。勝手に城に侵入し、いきなり師匠を攫うなんて、少々乱暴じゃないかな。僕でさえ今世の部屋に師匠を呼べていないのに」

「ああ？　てめぇは誰のおかげで五百年後に転生できたと思ってんだよ。これだから上流階級のやつは鼻につくんだ。なんでも他人にやってもらって当然だと考えていやがる。てめぇはアウローラを部屋に呼ぶ前に感謝の心を覚えろ。それから、お前の師は俺が一生養ってやるから心配すんな」

「勝手に決めないでよ。師匠は僕と結婚してレーヴルの王妃になるんだから」

どちらにも同意していないのだが、弟子たちは揃《そろ》って喧嘩《けんか》をし始める。

五百年前によく見た光景だ。

（でも、隙ができたわ。今のうちに……）

私はエペの魔法を最終段階まで解除し、やっと自分にかけられた魔法を解くのに成功した。

魔力の構築を遮っていた魔法が外れ、心なしか体もスッキリしたように思える。

「間に合ってよかったわ。エペがフレーシュ殿下に気を取られていて助かった」

魔力さえ取り戻せばこちらのものだ。今ならどこへでも転移できる。

妨害魔法を解くのにかなり体力を持って行かれたけれど、まだ数回は魔法を使えるだろう。

私はこっそり寝台から抜け出した。

エペの光魔法の壁は外からの攻撃を全て弾くが、中から出るのは容易《たやす》い。

動きだした私に気づき、シャールが静かに歩み寄ってくる。

「……ラム、どうした？」

「自力で魔法が解けたわ」

「よかった。なら、今のうちに脱出するぞ」

鋭いシャールは正確に私の意図を汲《く》んでくれたようだ。続けて彼は双子に視線を送った。

双子も彼の言いたいことがわかったらしく、揃って頷《うなず》いてみせる。

数々の死線をくぐり抜けてきたメルキュール家の連携がすごい。

「こっちだ、ラム」

シャールが、私を包み込むように抱き寄せ、素早く双子の方へ移動する。

ついに魔法の打ち合いを始めた弟子二人を横目に、私たちは無事に全員合流した。

「それじゃあ、転移しましょう」

さっそく、私が魔法を発動させて転移を試みる。シャールたちはここまでたくさんの魔法を使ってきたので消耗が激しいはずだ。

私はエペの妨害魔法の解除で多少魔力を使ったものの、まだ余裕がある。

魔法の解除は、さほど魔力を必要としない。

その代わり、自分の魔力の流れを正確に摑《つか》むことと、繊細な魔力制御が不可欠だ。

魔法を展開していると、エペが私の魔力に気づき、「あっ！」と声を上げた。しかし、もう遅い。

「ごめんなさいね、エペ。今度は平和な形で会いましょう。そのときは、きちんとお話ししましょうね」

「〜〜っ！」

悔しそうな彼の表情を見たのを最後に、私たちは一瞬ののちに今いる場所から目的地へ転移した。

だがしかし、転移先はメルキュール家の屋敷ではない。

「……どうして転移先がレーヴルの王宮なんだ？」

さっそくそのことに気づいたシャールが、私に恨めしげな視線を向ける。

現在、私たちがいるのは、レーヴル王国滞在中に使っていた客室だ。

シャールがキョロキョロとあたりを確認するが、近くには誰もいない。

「だって、私が王宮内で誘拐されてしまったから。こっちの人たちに無事を伝えておこうかと思って。予定ではテット王国に帰るのはまだ先の話だったし、国際問題に発展したら面倒だわ」

私が攫われてから、すでに半日以上が経過している。

「後《のち》ほど私が対処すればいい話だ」

「フレーシュ殿下のことも伝えておきたいし」

後々メルキュール家の評判が悪くなるのは嫌だし、レーヴル王国の人たちとは互いに友好的でいたい。

「あと、虫かごに入れた聖人たちも回収しなきゃ。このまま放置したら、フレーシュ殿下が帰ってきたときに高確率で凍らされちゃう」

「お前はまだ、あいつらを弟子にするのを諦めていなかったのか」

シャールがため息を吐いたのを見なかったことにして、私はきょろきょろと部屋の中を観察する。

聖人の入っている虫かごを捜すためだ。

しかし、どこを捜しても虫かごは見当たらない。

「おかしいわね。棚の上に置いてあったはずなのに、誰かが移動させたのかしら」

エペが魔法を使ったどさくさに紛れて、床に落ちてしまったのだろうか。それとも、私のいない間に、フレーシュが処分してしまったのだろうか。

はたまた親切な誰かが別の部屋へ移したのだろうか。

「仕方ない、追跡魔法を……」

魔法を構築し始めたところで、ぐらりと目眩《めまい》がし、傍にいたシャールにもたれかかる。

早くも今日の体の限界が来てしまったらしい。

(またなの!? あと一回は使えると思ったのに)

事情を察したシャールは黙って私を抱きかかえた。

「ひとまず、城の人間にこちらの事情を説明した上で、メルキュール家に転移する。それでいいな?」

「うう、ありがとう」

「第一王子の従者は魔法使いが多いから理解はできるだろう。早くしないと、あの王子が戻ってきて、事態がややこしくなりそうだ。聖人たちは、また今度回収する。あれだけラムに傾倒している王子なら、聖人を凍らせはしても、勝手に殺しはしないだろう」

双子もシャールの言葉に同意する。

「シャール様と奥様はともかく、僕らは不法侵入だもんね。早く戻った方がいいよ」

「そうですね、いろいろ疲れましたし。さっさと帰りましょう。そして休みましょう」

面倒くさがりなフエの本音がダダ漏れになっている。

おそらく、シャールも双子も私を助けるために、相当無理をしたのだろう。

魔法を覚えたばかりの彼らがエペたちを相手にするのは、本来ならかなり厳しいのだ。

シャールがフレーシュの部下に事情を説明し、誘拐事件や私の体の状態が悪いこと、フレーシュはオングル帝国へ転移しているが、そのうち帰ってくることを伝える。

私たちは、転移でメルキュール家に帰れるようになった。ついでに聖人入りの虫かごが発見されたら、引き取りに行くことも伝えてもらった。城の人々が言うには、私が攫われたあと、誰も虫かごを見ていないということだった。そもそも、客人が突然消えたことで大騒ぎになり、虫かごどころではなかったらしい。

「ラム、伝達は終えた。これでいいか?」

「ええ、ありがとう」

シャールの気遣いが嬉《うれ》しい。

「エペとフレーシュが喧嘩を始めたら、数刻は終わらないわ。下手をすれば数日かかるかも。五百年前から彼らの喧嘩は長引くから、すぐに追ってくることはないはず」

「そうか。では、今のうちに転移する。やつらを同時に相手にするのは避けるべきだ」

どことなく悔しげなシャールは、危なげのない転移魔法を展開する。

そうして私たちは無事にメルキュール家の庭に着地したのだった。

(戻ってきたのね)

しばらく離れていたメルキュール家を見ると、随分と落ち着いた気持ちになる。

なんやかんやで、私はここを「自分の帰るべき場所・拠点」と認識しているようだった。

シャールもどこかほっとしたように庭を見回し、双子も揃って似たような行動を取っている。

メルキュール家が彼らにとって落ち着ける場所に変化しているのなら、それはとてもいいことだ。

「ところで、カノンたちはどこだ?」

唐突に放たれたシャールの問いかけにはフエが答えた。

「戦闘で疲れて、それぞれ休んでいるのではないでしょうか?」

その言葉を不思議に思った私はフエに問いかけた。

「戦闘って?」

「ああ、奥様にはまだきちんとお話ししていませんでしたね。実は奥様を救出する際、年長の子供たちにも少々手伝ってもらったんですよ。門前の敵を減らしたあとは、危険なので帰ってもらいましたが」

なんと、あの現場には子供たちも来ていたらしい。あとでお礼を言わなければ。

「そうだったのね。皆に怪我《けが》はないかしら。心配だわ」

「多少の擦り傷はあるものの、全員ピンピンしていますよ。皆、いい戦力になってくれました。いやあ、多人数を二人で対処するのはしんどいですから助かりましたね」

私一人を助け出すためにシャールだけでなく、フエやバルも、そして子供たちまでもがオングル帝国へ乗り込んで来てくれた。それに、今の話を聞いていると、まるで、そうするのが当然とでも言うかのような口ぶりだ。じんわり胸が熱くなる。

「ありがとう、あなたたちには本当に感謝しているわ。前回も、今回も」

前回というのは、私がセルヴォー大聖堂の司教補佐に拉致された事件のことだ。あのときも、メルキュール家は一丸となって動いてくれた。

（私、すっかり、この家の一員として見られているのね）

今世の私の居場所。大事な家族に新しい弟子たち。自分を受け入れてくれた彼らを前にすると、とても温かい気持ちになれる。

一方で、前世の弟子たちを放っておけない気持ちも芽生えていた。五百年前に私がいなくなったあと、彼らが幸せに生きて天寿を全うしてくれていたのなら、それでよかった。

私は弟子たちを家族として心から愛していたから。

（本当は前世で新たな幸せを見つけて、楽しく生きて欲しかったけど）

一番弟子と二番弟子は、どういうわけか私を追って転生してきてしまった。だが、それぞれの環境で立派に生活し、魔法使いたちの師となっている姿を見て今は安堵している。

今世は自分が出しゃばるべきでないと線引きし、「過去に縛られず、二人には新たな人生を謳歌《おうか》してほしい」と願っていた。

なのに、あの子たちは私の予想の斜め上を行く行動ばかりを取る。

（……どこでおかしくなってしまったのかしら）

前世の彼らも独立を拒んでいつまでも私の家に居座ってはいたが、今ほど何かに追い立てられるような不安な顔をしていなかった。

だとすればきっと、二人をそうさせる出来事が過去にあったのだ。

（あるとしたら、おそらく私のせいだ）

だから彼らは揃って、なんとしてでも私を自分たちの傍に置こうとしている。

前世の出来事は未だ思い出せないが、あんな状態のエペやフレーシュを、このまま放っておけない。

（独立を果たした弟子に対して、過保護かもしれないけど、彼らときちんと向き合う機会がほしい）

レーヴル王国やオングル帝国では、二人と冷静に話し合うことができなかった。師匠として、私もまだまだ未熟な証《あかし》だ。

エペとフレーシュはまだ、私を傍に置くのを諦めていない気がするので、きっと再び私に会いに来るだろう。そうなった際に、メルキュール家に被害が出るような事態に陥ってはいけない。

冷静に話し合えるよう、対策を練らなければ。

（あの子たちが暴走できないように、予《あらかじ》めトラップを仕掛けておきましょう。いきなり魔法を封じられたり、二対一で持久戦に持ち込まれたりしない限り、勝算はあるはず）

落ち着いて考えると、今後の希望が見えてきた。

向こうはまだ、私の力を警戒しているだろう。エペが真っ先に私に魔法をかけていたのがいい証拠だ。私は前世でも今世でも伝説と謳《うた》われた魔女アウローラ。そう呼ばれるのには、きちんとした根拠がある。

（でも、問題は私の体調なのよね）

こればかりは悩ましい問題だ。自分の力でどうすることもできない。

「ラム、考えごとの最中のようだが、まずは休め。長旅の上に誘拐されて疲れているだろう」

横にいたシャールは、私を支えるように立ち、部屋に戻るよう促した。

彼の言う通り、ひ弱な体は限界を迎えようとしている。

「それから」

私は屋敷の方へ歩を進めながら、まだ何か言い出しそうな、シャールの次の言葉を待つ。

「体調が回復したら、お前の過去について、きちんと話してもらうからな」

「……っ!?」

「あとで話を聞くと言っていたはずだ」

あまりにもいろいろありすぎたせいで、すっかり忘れていた。

（シャールに、私がアウローラだとばれたんだった！）

※

それから、私は数日間ベッドの住人になった。このベッドとの付き合いも長くなったものだと改めて思う。

そうして今朝、主治医からようやく「部屋から出ても大丈夫」とお墨付きをもらった私は、お気に入りである「足が生えたレモン柄」のドレスを身につけ、元気よく部屋の扉を開け廊下に走り出た。

相変わらずの古びた暗い屋敷だけれど、住む人の心の持ちようが変わったからか、以前より全体が明るく見える。

あとはこの廊下を黄色く塗り替え、壁も水色と桃色のストライプにし、リボン柄のシャンデリアを五つほど追加すれば完璧だろう。柱にも白いホイップクリームを散らしたようなデコレーションを加え、手すりは赤と緑のキャンディーのような風合いにすればきっと可愛《かわい》くなる。

廊下を眺めながら、私はこれからのことを考えた。

（エペがちゃっかり私にかけていた追跡魔法は向こうで解除済み。魔力構築を妨害する魔法も完全に解けているわ。いずれあの子がここに乗り込んで来るにしても対処できるはず）

一番弟子が追いかけてくるのは、もう少しあとになるだろう。エペは意外と慎重派なのだ。

私を攫ったときでさえギリギリまで正体を隠し、魔法を放つタイミングを見計らっていた。

(性格的にエペは細かく対策を練ってから来るわね。今度は平和に会話ができればいいけど)

フレーシュが単独でやって来る可能性は否定できないが、エペほどの無茶はしないはずだ。彼はエペと違って、私の反応を若干気にする傾向がある。ただ、感情が高ぶったときはフレーシュ本人の意思に反して魔法が暴走するので、安心はできない。

やはり、メルキュール家を守るための対策を用意しなければ。

「でも、その前に……」

シャールとの約束が待っている。

(アウローラだったことについて、きちんと彼と話さなきゃ)

ちょっと気が重いと感じつつ、私は開け放たれた扉から、シャールがいるであろう執務室に足を踏み入れた。中にはカノンもいて、一生懸命シャールの仕事を手伝っている。

レーヴル王国へ旅に出た経験がよかったのか、カノンは以前ほどシャールに苦手意識を抱く様子は見られず、より親子らしくなったように思えた。

一方、シャールは苺《いちご》柄の机に向かい、何かの書類にサインしている最中である。

私は素早く彼らに歩み寄って声をかける。

「シャール、カノン、復活したわよ!」

いきなり部屋に入ってきた私を、二人は揃って不審の目で見た。今までの病弱生活のせいで、私の発言には信用がないらしい。

「ラム、念のため、あと一週間ほど寝ていた方がいい。外国へ出かけた上に聖人を倒したり、変な魔法をかけられたり、転移したりしたのだから」

「そうですよ。それでなくても、母上はすぐ倒れるのですから」

耳が痛い……。

でも、そうも言っていられないのだ。

フレーシュやエペは、そのうちメルキュール家まで訪ねてくるはず。

(で、そのときは、二人とも本気で来ると思う)

この前みたいな騒ぎにならないよう、しっかり対策しておかなくてはならない。

私はまっすぐシャールの方を見て、その旨を伝えた。

「弟子たちは、いずれこの屋敷に来るわ。二人と冷静に話し合うには、彼らを落ち着かせる必要がある。突撃してきた弟子たちの頭を冷やすために、私はトラップや結界を仕掛けるのが効果的だと思うの」

そうでなくても、この邸《やしき》は手薄だ。魔法使いがたくさんいて反撃できるとしても、学舎にはまだ魔法経験の浅い小さな子供たちもいる。

トラップや結界は、今後の役にも立つはずだ。

「母上。でしたら、トラップは僕らが仕掛けようと思います。やり方を学べば、僕や学舎の子供たちでも可能なはず。いい勉強にもなる」

たしかに、トラップはそれほど魔力を必要としないし、細々とした魔法を使う練習になる。ある意味悪戯《いたずら》に近い楽しい魔法なので、子供たちも喜びそうだ。

「わかったわ。後日皆に、各種トラップ魔法を伝授するわね。自分でオリジナルのトラップを作ってもいいわよ」

「ありがとうございます！」

カノンは楽しそうに話を聞いていた。

（前世でも、トラップ系の魔法は子供に大人気だったのよね）

私も普段は大人びているカノンの少年らしい一面が見られて嬉しい。

「でも、トラップはともかく、結界は少々大がかりになるから、大人が対応した方がいいわね」

それなりの魔力量が必要だし、均一に結界を張る技術も欠かせない。

「では結界は私が対処しよう。ラムは指示を出せ」

「でも、私が張った方が早……」

「手は出すな。ようやく起き上がれるようになったばかりなのに、またベッドに逆戻りする気か？」

シャールは私に近づいて額に手を当てると「やはり、まだ微熱がある」と言って眉間に皺《しわ》を寄せた。私の体調なのに、シャールの方がきちんと把握できている気がする。

「用件がそれだけなら、もう部屋に戻って大丈夫だ。念のため、もう少し寝ていた方がいい」

部屋まで私を送り届けようとする過保護なシャールを見上げ、私は慌てて声を上げた。

「ちょっと待って。ほかにも伝えたい話があるの」

ピタリと足を止めたシャールの紅《あか》い瞳と目を合わせる。口を開くのに、少々勇気を要した。

「あのね、私……自分の過去について、きちんとあなたに話すという約束を果たしに来たのよ」

シャールはしばらくの間、静かに私を見つめ返す。

意地でもベッドに戻らないという私の気概を感じ取ったのか、やがて彼は観念した様子で頷いた。

「聞こう」

何かを察したカノンは、「僕はこれで」と告げると、さっと歩きだし部屋を出て行った。

(気を遣わせてしまったわ)

カノンに聞かれて困る話でもないが、ひとまずシャールに伝え、ほかの人にも話すかどうかは彼に任せてみようと考え直す。

私はカノンが座っていた椅子を借り、静かに腰を下ろした。

シャールは近くのソファーに座り、話を聞く体勢に入る。

「ええと、すでにあなたも知っているけれど」

おずおずと目の前に座るシャールを見ると、彼は黙って私に話の続きを促した。

一度深呼吸し、改めて真実を語る。

「エペが言っていた通り、私の前世の名はアウローラ・イブルスス。五百年前に生きた伝説の魔女よ。『伝説の魔女』というのは後付けだけど」

師匠であるフィーニスがいなくなってからは、私が周辺の国の中で、最も力と知識のある魔女となった。そのせいで伝説扱いされている。

エルフィン族の女性の魔法使いは自らを「魔女」と名乗る。なぜなら、彼女たちの種族は女性しか魔法を使えないからだ。

フィーニスに師事していた私も自分を「魔女」と名乗っていたし、五百年前はほかにも魔女を名乗る女性魔法使いが多かった。今ではすっかり廃れ、男女ともに「魔法使い」という呼び方が一般的になっているが。

「黙っていてごめんなさい、言い出しづらくて……夢を壊しちゃったわよね？」

シャールはアウローラの熱狂的なファンだ。彼の秘密の部屋はアウローラの姿絵や遺品もどき、過去の文献で溢《あふ》れかえっている。今さら、その正体が私だと言われても、反応に困るに違いない。

無表情のシャールは、「別に平気だ」と告げ、話の続きを促す。

「あなたと初めて出会った頃のラムは今の私ではなく、五百年前の記憶が戻っていない状態だった。思い出したきっかけは、侍女に突き飛ばされて、壁に頭を打ち付けたこと。そうして私は、アウローラだった記憶を取り戻したの」

私は淡々と、自分の身に起きた出来事を伝えた。

「あのときの私がそれを話したとしても、きっと誰も信じなかったでしょう？　だからずっと黙ってた。自分でも無理のある話だと思うもの」

その通りだと思ったのか、シャールも言及してこない。

「しばらく経《た》って、あなたに五百年前の記憶の話をしたとき、アウローラだった事実を伝えようか迷ったの。でも、言えなかった」

今更話す必要はないと考えたのもあるが、一番の理由は別にある。

「部屋中に私の姿絵が何枚も張り巡らされていて、ほかにもアウローラグッズやら、表には出回っていない写本やらがコレクションされていて。なんというか、本人だと言い出しにくかったの！」

私が一息に言い切ると、執務室に奇妙な沈黙が落ちた。

私から目をそらしているシャールは気まずそうで、それでいて若干頬が赤い。

こんな彼を見るのは初めてだった。

このまま黙っていても話は先へ進まないため、気を取り直した私は再び口を開く。

「だから、エペとフレーシュはアウローラの前世の弟子。理由は知らないけど、私と一緒に転生してきた……というか、私を転生させた張本人たちみたい。詳しく事情を聞こうとしたけど、二人にはぐらかされてしまったから、それ以上はわからない」

私はそこで、自分の記憶の後半が曖昧なことも含め、改めてシャールに説明した。

「おそらくだけれど、私の記憶が曖昧なのと、体が弱すぎるのは転生時の不具合じゃないかしら」

「体力については徐々に改善してきているから、イボワール男爵家にいた頃の生活が原因だろう」

こんなときでも、シャールの指摘は冷静かつ的確だ。たしかに、最近は何日も寝込むようなことが減っているので希望が持てる。

シャールは少し考え、しみじみとした様子で呟《つぶや》いた。

「改めて……私はアウローラの弟子とやり合ったのだな」

彼なりに思うところがあったのだろう。

どこか悔しそうな表情のシャールだが、本来なら戦闘にすらならない相手とやり合った彼はすごいのだ。まだまだ強くなる余地はたくさんある。

「それにしても、ずっと憧れていたアウローラが私の妻で、こんなに近くにいたなんてな。にわかには信じがたい」

「うう、そうよね」

「魔法知識や髪色、弟子の様子からして、本人で間違いないのだろうが」

感慨深そうな声を出すシャールの態度を見て、彼がすんなり私を受け入れているのを不思議に思う。もっと驚かれたり、否定されたり、責められたりするのではと覚悟していたのだが。

シャールは凪《な》いだ眼差《まなざ》しでこちらを見て、小さく笑った。

「お前がアウローラでよかった」

彼の考えがよくわからず、私は戸惑う。

「幻滅してないの？」

何かをする度に体調が悪くなり、何度シャールの前で倒れて運ばれたことか。

寝起きの顔も見られているし、なんなら変な寝言だって聞かれているかもしれない。

「どこに幻滅する箇所があるんだ？　むしろ、幻滅されるのは私の方だと思うが？」

「アウローラコレクションのこと？」

たしかにあれは恥ずかしい。けれど……。

「そこまで気にしていないわよ。魔法書の写本を集めてくれたのはありがたいし、いろいろ褒めてくれたのも嬉しいもの」

この時代に写本が残っていたのは驚いた。シャールが、かなり頑張って手に入れた秘蔵品のようだが、今の時代なら真っ先に処分されていてもおかしくなかった。

（五百年前の魔法知識を、モーター教が放っておくはずないもの）

どうして現在まで残っていたのかは定かではないが、内容が今は誰も解読できないエルフィン語で書かれていたからかもしれない。

少し照れながら、私は話を続ける。

「私は伝説の魔女だけど、見ての通り普通の人間なの。でも、現世の文献にアウローラの名前だけが残されているのは謎よね。他の魔法使いの名前は残っていないのに。前世で暮らしていたヴァントル王国がこのあたりにあったからかしら」

過去に思いを馳《は》せるように、私は窓の外に視線を向ける。

今日の空はすがすがしい青色でいい天気だ。シャールは寝ていろと言うが、結界を張るついでに散歩に行くのもいいかもしれない。体力がもてば。

「ラム……」

不意に名前を呼ばれ、私は再びシャールの方を向く。彼はいつもの澄ました表情で私に言った。

「アウローラであろうがなかろうが、現世のお前が私の妻である事実に変わりはない。ここで好きなように暮らせばいい」

私はまじまじとシャールの紅い瞳を見つめる。さわさわと、わずかに心が動いた。

「寛大なことを言ってくれるのね。でも、どうして、こんなにもすんなり受け入れてくれるの？」

本当にアウローラなのかと疑われたり、事実を黙っていたことを責められたりするものだと思っていた。

（なのに、この人はあっさり私の話を信じて、全てを肯定してくれる。理由がわからないわ）

すると、シャールはこちらの考えを見透かしたように口を開く。

「そもそも、私はラムであるお前が嫌いではないし、むしろ気に入っていた。伝説の魔女という肩書きが増えたところで、驚きはすれど、責める理由がない。それに、ラムがアウローラだという話は実に信憑性《しんぴょうせい》があった。前にも告げたように、アウローラの姿絵はお前によく似ている」

「そ、そうね」

「エルフィン語をあっさり解読するのも、即席で様々な魔法を使うのも、アウローラだったからというなら納得だ」

シャールは言い切った。その頑《かたく》ななアウローラへの信仰心に今は救われる。

「そもそも私は、お前がお前であればなんでもいい」

どこか達観した様子のシャールを見ていると、どんどん自分の胸の鼓動が速くなっていくのを感じた。

「前世がアウローラだと言っても、お前が別人に変わるわけではないだろう」

シャールは現在の私を、ラムを受け入れてくれている。過去がなんであれ、これからも扱いを変えないと言ってくれた。

（私、今の言葉を嬉しいと感じているわ。シャールが私をこれまで通りに扱ってくれるのなら、そ

れで許されるなら……今は彼の発言に甘えたい）

じっと私の反応を眺めていたシャールは、ややあって言葉を付け足した。

「だから、離婚はしない」

重い話の後なのに、最後に出てきたのがいつものままの言葉で、私は思わず笑ってしまった。

どこまでも、彼は彼だ。そのことが、この上なく私に安心感を与えてくれる。

「皆にも、私がアウローラだという話を伝えなきゃね。いずれわかってしまうと思うから」

「それなら、私から双子にこのことを伝えよう。カノンにもだ」

「ありがとう。あなたにお願いするわ」

シャールの意見に私も同意する。家のことは当主である彼に任せるのが一番だ。

アウローラの話に関しては、これで片がついたと考えていいだろう。結果的に受け入れてもらえて、私は今、心の底からほっとしている。

話は終わったかと思いきや、少し距離を詰めたシャールは、今までと異なる響きを含んだ声で私に語りかけてきた。

「お前について、もっと知りたい」

「えっ？」

虚を衝《つ》かれた私は、落ち着きなく視線を彷徨《さまよ》わせる。

「その、イボワール男爵家にいた頃のラムについては、ある程度把握しているはずだから、アウローラ時代の記憶で大丈夫かしら？」

「ああ、私は巷《ちまた》に出回っているアウローラの伝説ではなく、お前自身の過去について知りたい」

「たしかに、皆の知っているアウローラの伝説は美化されすぎているわね。私は、ただ魔法が好きで好きで大好きで、勢いで極めてしまった人間ってだけだもの」

私はアウローラだった頃の自身の生い立ちについて、シャールに話すことにした。

どうしてか、彼を見ていると、自分について伝えたい、知って欲しいという感情が湧き上がってくる。

ぎこちなく見つめ合う私たちを余所《よそ》に、わずかに開いた部屋の窓から、穏やかな風が執務室に吹き込んだ。


前世の私はごく平凡な村人の子として生を受けた。

現在、テット王国やレーヴル王国、オングル帝国がある場所に、一つの巨大な国家ヴァントル王国が存在した。

そんな大国の隅に位置する、果実の栽培が盛んな小さくて平穏な村。アウローラが生まれたのは、そんな環境だった。

その頃のアウローラにはきちんと両親がいて、別の名前も持っていた。アンという、国内ではありふれた名前だ。もっとも、両親から名前で呼ばれることはなく、「あれ」や「それ」と言われ、いつも戦々恐々と接されていたけれど。

この世界に普通に魔法があった時代、魔法技術は一般の村人でも扱えた。

魔法が使える村人は、小さな魔法を使い果樹栽培に役立てたり、家事負担を軽減させたりして平穏に暮らしていた。アウローラが生まれた村の人々もまた、そうやって日々の生計を立てていた。

だからこそ彼らの中で、ありふれた枠組みから外れた私の存在は異質だったのだ。

私は彼らの言う「普通」ではない子供だった。赤ん坊の頃から、息をするように教えてもいない魔法を操る私を見て、両親は度肝を抜かれたという。

当の私は些細《ささい》なことは気に留めず、好奇心の赴くままに魔法を放っていた。

何度やめろと注意されても、私はそれをやめなかった。魔法を扱うことが楽しかったから。

成長するにつれて、そのスケールは大きくなり、いつしか私は制御不能な子供として周囲に煙たがられるようになった。

手に負えない子供をほかと同じ「普通」の子に育つよう、両親は何度も私を諭そうとし、時には厳しく叱りつけた。だが、無駄だった。

彼らの理にかなわない言い分を私が認めなかったからだ。

皆の言う「普通」の生き方はつまらない。

(どうして使える魔法を我慢しなきゃならないの？　別に誰かを傷つけているわけでもないのに。「普通」って、そんなに偉いの？)

魔法が好きだった私は、思う存分それを楽しみたいだけなのだ。

(変わった魔法を使ったくらいで、そんなに目くじらを立てなくてもいいじゃないの。日照り対策で広範囲に雨も降らせてあげたし、嵐だって防いであげたんだから)

平穏な村の小さな魔女を止められる者は、もはやどこにもいなかった。

その日も私は粗末な家の茅葺《かやぶ》き屋根に上り、勝手に作った水魔法の水蒸気をぷわぷわと放って、空に淡いピンクの雨雲を大量発生させていた。近所に住む老夫婦が、最近は日照りが続くとぼやいていたからだ。

鮮やかな雨雲はさらさらと優しい霧雨で大地を潤していく。これでしばらくは、畑に水やりをする必要もないだろう。

(んんっ、飽きた。あとは、放置しても雨が降るよね)

私の魔法のおかげで、この村で栽培される果実は今年も豊作だ。

村の皆は幼いのに大規模な魔法を使う私を不気味がっているが、私も今さら彼らに理解されようとは思わない。

(共存って難しい……)

風魔法でぽんっと屋根から飛んだ私は、木魔法で庭一面に生やした、短い茎を持つ肉厚の巨大花の上にぽよーんと着地する。薄紫と水色の淡い花からは、村長の家の奥さんがたまに作るお菓子のような、甘くていい香りがした。

(お菓子、食べたいな。奥さんが焼くのは、村長の家にお客さんが来るときだけ。いつも、お客さんが全部食べちゃうし、村人には回ってこないのよね。今日も焼いているみたいだけど)

少なくとも、私は今まで一度も口にしたことがない。

今度は巨大花の茎を切り、村長の奥さんが持っている日傘のようにして、ふわふわと空を舞いながら、私は村の端から端まで移動する。

両親は、もはや私の更生を完全に諦めたようで、最近は何も言ってこなくなった。

（そうだ、今日は村の外に出てみよう）

私は普段、村の中だけで生活している。私だけでなく、ほぼ全ての村人がそうだ。

狭い箱庭の中での平穏な生活。それが彼らの全てだった。

（お母さんに『村の外へは出ちゃ駄目』って言われたような気がするけど。私はもう七歳だから、出ていいよね。だって退屈で倒れちゃいそう）

つい最近、私は誕生日を迎えたばかり。すっかり一人前の村人になったと自負している。

だから、この日は村を離れて、近くの草原に入ってみることにした。

あたりは明るい黄緑色の、子供の背丈ほどもある草で覆われていて、それがどこまでも続いている。前に村に来ていた行商人が、草原の向こうには広大な森が広がっていると言っていた。

（迷っても、空を見れば目印のピンク色の雲が浮かんでる。そっちに進めば村だよね）

帰り道を確認した私は花の傘を投げ捨て、さっそく冒険を開始した。魔法で草を色とりどりの石に変えて地面に敷き詰め、通り道を作って遊ぶ。

村の子供は私を遠巻きにするので、一人で過ごすのが日常だ。

昼に出発したが、夕方には森の入口にたどり着いた。途中で遊びすぎたせいで、思ったより時間が経ってしまっている。

（そろそろ帰らないと。夜は暗くて雲が見えなくなる）

風魔法で体を浮かせた私は、急ぎ村へ引き返すことにした。

その頃、村の大人たちが、自分を捜して大騒ぎしていたとも知らずに。

「アレは、アンはどこだ!?」

「くそっ、いつもは無駄に目立ってばかりのくせに。こんな大事なときに、アレは一体どこに行っている!?」

村の近くまで来ると、大人たちが私を捜して怒鳴っている声が聞こえた。

（まーた、お説教？　何も悪いこと、してないのに）

うんざりしていると、村人の一人が私を見つけて叫ぶ。

「いたぞ、アンだ！」

「うげ……」

その場から逃げだそうとすると、別の一人も声を張り上げた。

「こっちへ来い！　村長が捜している！」

いつもと違う彼らの様子を感じ取り、私は足を止めた。

「村長が……？」

やはりお説教かと思ったが、村人たちの様子がおかしい。何かあったのだろうか。

「早くしろ。村長の客が、お前に会いたがっているんだと」

大人たちに押し切られた私は、わけがわからないまま、彼らによって村長の家へ連行された。

（まあいいか、まずくなったら逃げれば大丈夫）

中へ通された私は覚悟して村長と向き合う。村長もまた、私を厄介がっている大人の一人だ。

村長宅には奥さんと客人もおり、二人ともこの場に同席していた。

(あ、奥さんの作ったお菓子だ)

私は机の上を凝視する。落ち着きのない私をじっと見て、客人は口を開いた。

腰まである長い黒髪に整った容姿、褐色肌の背の高い若い女性だ。

「……なるほど、その娘が奇っ怪な雨雲の魔法を使ったのですね」

「また魔法への苦情？」

嫌そうに私が言うと、慌てた様子の村長にげんこつを落とされた。納得がいかない。

ひげ面の強面《こわもて》村長は妙にへりくだった様子で客人に謝っている。

「申しわけございません。なにぶん、世間知らずの子供なものでして。こら、アン。この方は王都からはるばる来られた王宮の魔法使い様だぞ。国の魔法使いのトップに立たれるお方だ」

「ふぅ〜ん？」

実のところ、私は王宮の魔法使いがどのようなものかまったくわかっていなかった。

「……私はフィーニス。近頃この付近で特殊な魔法が散見されると報告がありまして。原因を探っていました」

女性がけだるげな様子で私を見る。髪の間から見えた彼女の耳は長く、上を向いて尖《とが》っていた。

村人や自分と異なる耳を見て、少しだけフィーニスに興味を引かれる。

「今、村の上空にある色つきの雨雲は、これまでに見たことのない魔法です。普通に雨を降らせる

魔法は存在しますが、あんなものは初めて目にしました。ましてや、このように何もない村で……」

「それ、村長の前で言わない方がいいんじゃない？」

私とフィーニスの会話を聞いて、村長が大きく咳払《せきばら》いする。

「まったく。アンは昔から異常なんです」

これも何度も聞いた言葉だ。私は「正常」や「普通」ではないので駄目なのだと、ことあるごとに周囲に否定されてきた。もう慣れたけれど嫌な気持ちにはなる。

「この娘は誰も何も教えていないのに、不気味な魔法ばかりを使うため、うちの村で持て余しています。あなたが必要とするなら、ぜひ引き取っていただきたい」

村長の言葉を聞き、フィーニスは小さく頷く。

「彼女の両親は？　私が娘を連れて行くことに反対するのでは？」

フィーニスの問いかけに、「とんでもない」と、村長は大きく首を横に振った。

「アンの両親は娘を手放したがっていますよ。奇妙な魔法の使い手なので、報復を恐れて手出しできないだけです。あとは、多少は農業の役に立つからという理由から置いていただけで……」

「……！」

村長の言葉は私の胸に小さな衝撃を与えた。

両親が自分を厄介がっていたのは知っているが、それでも娘だから大事にされていると思い込もうとしていた。食事も出てきたし、寝床も服も用意されていた。世話だって文句を言われ、戦々恐々と扱われながらも、最低限のことはしてもらっていたのだ。

なんだかんだと文句を言われても、追い出されるほどには嫌われてはいないだろうと考えていたが……現実はそうではなかったらしい。

（私が怖いから、仕返しされたくないから、黙って世話をしていただけ？）

本気で手放したがられていたのだというその事実は、七歳になったばかりの私を打ちのめした。

「アンには幼い弟シバンがいる。両親はアンが弟を害さないか心配していた」

「失礼ね。怪我を治してあげたことはあるけど、害なんて加えないわ」

不本意だったので、私は抗議した。そもそも、実の弟を害する理由がない。

シバンは今年で四歳になる素直な子で、私とは違い両親に可愛がられていたし、私も弟を可愛がろうとしていた。

しかし、シバンにかまう私を両親はよく思わなかった。

特に母親が強い拒否反応を示したのである。私が弟の世話を焼こうとすると、いつも母親の悲鳴が飛んできた。

『シバンに近づかないで！　悪い影響が出るでしょう!?　せっかくシバンは普通にまともに育っているのに！』

父親も母親の意見に完全に同意していた。

『そうだ。第一、お前の魔法でシバンが怪我でもしたらどうするんだ！』

『外に出ていなさい！　あんたが家の中にいると思うと、落ち着いて育児もできないわ！』

私は弟の前で危ない魔法は使わないが、両親は娘を信用していなかった。

彼らにとっての私は理解できない存在で、歩み寄るべき対象でもない。そして、いつ可愛い我が子に危害を及ぼすかもわからない危険な相手なのだった。

彼らの言葉からは、「子供だから意図せず魔法を暴発させ、ヘマをすることもあるだろう」という考えも読み取れたが、私だって実験段階の魔法を試す際は人のいない場所でやるくらいの分別は持っている。

子供だから、放置して育てたから何も知らないだろう……などというのは大間違いだ。

むしろ距離を置かれて客観的に周りを見るようになった私は、村のほかの子供と比べれば世界を俯瞰《ふかん》して見る癖がついていた。

だが、それでも私は七歳の子供。一人前ぶっていても、一人で村を出て暮らす術《すべ》は知らない。

シバンは私を嫌ってはいないが、彼は母と一緒に過ごしているので、会話する機会はなかなか訪れない。そのうち彼も両親と同じく、私を遠巻きに見るようになるだろう。

何も言えない私を観察していたフィーニスは、ややあって村長に提案した。

「では、先ほどの話の通り、私が彼女を引き取りましょう」

「さっきからなんの話をしているの?」

私は驚いてフィーニスを見た。しかし、質問に答えたのは村長だ。

「フィーニス様はお前を王都へ連れていくとおっしゃっている。その方が、この村としても都合がいい。お前の両親の承諾も得た」

遊びに出かけている間に、村の中で話がつけられていたようだ。

私はなんと答えるべきかわからず、下を向いて黙り込んだ。

「お前は異質だ。村の者も怯《おび》えてしまっている。ここは、お前のいる場所ではない。理解できているだろう？」

「………………」

こんなときだけ、私を物わかりのいい子供扱いしてくる。

卑怯《ひきょう》な大人たちにうんざりしながらも、事実に感情が追いつかない私は、黙って首を縦に振ることしかできなかった。

狭くて何もない村。未知の魔法をただただ恐れるだけの人々。

私だっていつかは村を出ようと思っていた。そのタイミングが今、訪れてしまっただけ。

きっと悪いことばかりではない。

「ねえ、王都に行って、私は何をするの？」

質問すると、フィーニスは淡々とした声で私に話しかけた。

「お前は私の研究対象です。ただの村人の子でありながら、誰にも教わらず新たな魔法……それも大規模な魔法を自力で軽々と量産する存在など、今まで見たことも聞いたこともありませんからね」

「研究？」

「ええ、お前を観察して人間の可能性を模索します」

彼女の言葉は漠然としていて理解しづらい。私は首をかしげた。

「何を言っているのか、よくわからないわ」

「人の子は、存外頭が悪いようです。私と一緒に王都で暮らし、魔法研究に協力する。それ以外の時間に雑用もこなす。それが、今後お前のする役割です。拒否権はありません」

「なんとなくわかったわ」

さりげなく雑用が付け加えられているが、研究されているうちは、命が左右される事態は訪れないはず。危なくなったら逃げればいい。

(それにこの人、今、『魔法研究』って言ったわ。研究するくらい魔法が得意なのかしら。私よりも詳しかったら、新しい魔法の話を聞けるかしら)

不思議なことに、恐怖や不安よりも好奇心が湧き上がってくる。

単純に魔法への興味だけで動く私のこういうところを、皆は「普通ではない」と言うのだろう。

でも、これが「私の普通」なのだ。簡単に変えられる性質ではない。

村長は私が引き取られるのがそんなに嬉しいのか、フィーニスに頭をへこへこ下げて感謝している。

(別にいいけどね)

そうして私は着の身着のまま、フィーニスの転移魔法で王都に移動した。家族の見送りはなく、村長を始めとする一部の村人にだけ見送られる門出だ。

初めて体験する転移魔法で飛んだ先は、天井が高い木造の、見知らぬ家の中だった。

薄ぼんやりした灯《あか》りが照らす壁には、乾燥させた植物がたくさんつるされていて、棚には見たこともない色とりどりの鉱物が並んでいる。

「ここ、どこ？」

「王都にある私の家。兼、店ですよ」

「今の魔法、私も使ってみていい？　一瞬で移動するやつ……」

「あとにしてください。変な場所に飛ばれては回収が面倒です」

「駄目だって言わないんだ」

フィーニスは私に店の椅子に座るよう指示する。私は大人しく従った。まだまだ聞きたいことがたくさんある。

「村の人、私がいなくなって喜んでたね」

仕方がないのだと割り切りつつも、声に若干恨みがましさが交じってしまった。

それに気づいたフィーニスは、近くの棚をいじりながら表情を変えずに告げる。

「あの村の者は良心的ですよ。お前を恐れはすれど、利用しようとは考えなかったのだから」

「利用……？」

「ええ、お前を騙《だま》して利用すれば、村はもっと豊かになる。村人が報復を恐れる臆病者ばかりで助かりましたね。ああ、さらに悪いパターンだと村人から殺されるというのも……」

そう言われ複雑な心境になった。

話している間もフィーニスはごそごそと、棚からいろいろなものを取り出している。糸車にワゴンに花瓶に……あきらかに棚に収まるサイズではないが、これも魔法だろうか。

そのうち、彼女は棚から数枚の大きな布を引っ張り出すのに成功した。

「見つかりました。前に返品された売り物の子供服が」

「返品？」

そういえば、ここはフィーニスの店でもあった。

木製のカウンターも古びた試着室も、薬品らしき瓶も並んでいる。

「以前、貴族の子供用のお忍び服を受注したのです。しかし魔法術式を盛り込みすぎ、子供が使いこなせないと返品されました」

カウンターの横の木製の机に、フィーニスはその服を広げてみせる。

フードのついた紺色のローブと白いシャツに、灰色の臑丈《すねたけ》のズボンという一式は、貴族の子供向けに作っていただけあって高級感に溢れている。

「ふぅん、本当にもらっちゃっていいの？」

「お前なら、複雑な魔法術式も使いこなせるでしょう？」

「たぶんね。あとで、どんな内容か教えて」

村人の服だと都会では浮くらしいので、私はさっそく渡されたローブに着替えた。

紺色の少し大きなローブには、身を守るための多様な魔法が施されているのだとか。試し甲斐《がい》がある。

「今日からここがお前の家です。言いつけさえ守れば、後は好きなように過ごしてくれて構いません。店の商品には触らないように」

フィーニスは私に、可愛らしい部屋も刺激的な食事も与えてくれた。

代わりに様々な雑用を言いつけてきたが、そのどれもが私にとって新鮮で、毎日楽しみながら店番や薬品作りに精を出した。

彼女の研究はと言うと、とりあえず私を観察するだけらしく、変な実験をされるなどではなく、私は至って普通に扱われている。

それどころか、村にいたときよりも厚遇されている。家の各所に魔法アイテムがあり、家事は最低限でいいし生活にも困らない。

魔法アイテムは、魔力によって動く道具の総称だ。

魔石という、魔力の代わりになる材料を用いれば、魔力なしで動かすこともできた。

世の中には魔力を扱えない人もいるので、魔石を用いた各種魔法アイテムは広く使われている。

魔法使いたちも、その利便性から魔石入りのアイテムを使うことも多い。

フィーニスとの生活は、私にとってありがたいものだった。

文字を知りたいと頼めば教師を雇ってくれたし、魔法書も自由に読ませてくれる。最初は渋っていたが、こういう魔法を覚えたいと頼めば、そのうち教えてくれるようになった。

どうやらフィーニスは、私が魔法をたくさん覚えた方が、自分の仕事が減ることに気づいたらしい。もちろん、私は自分自身でも数多くの魔法を生みだした。

周りの環境も大きく変わった。好きなだけ魔法を試せるし、村にいたときとは逆でやればやるほど周囲から褒められた。

生活面でも不自由はなかった。

フィーニスは料理が得意ではなかったが、私のために「子供用の食事」とやらを作ってくれた。かなり独特の味だ。だが、実の母親の料理も手間のかからない生野菜や、出荷できない品質の悪い果物がメインだったので、特に気にならない。

そのほか、彼女は全てにおいて私の自主性を重んじてくれた。ピンクウサギを飼い始めたときも、私の行動を興味深そうに眺めているだけだったし、反対しなかった。

フィーニスは口では私を子供だと言うが、子供扱いはしない。それが心地いい。

いつの間にか、私は彼女の実験対象ではなく、弟子に格上げされた。

そうして、私は十二歳で彼女から独立し、三人の弟子を取って一人前の魔女になったのだ。


朝の光が差し込む執務室の中、シャールは静かに私の話を聞き続けていた。

「……というわけよ。師匠のフィーニスは私の親のようなものなの。名前だって、新しくつけ直してくれたわ」

「親にもらった名前を変えてよかったのか？」

「ええ、いいのよ。私の村で一番初めに生まれた女児はアンという名前をつけられることが多いの。あの地方の古い言葉で『長女』っていう意味だから、両親も特に意味なくつけたんだと思うわ。村にアンは十人以上いたし」

「なかなかの数だな」

「だから、私は師匠がつけてくれた、アウローラという私だけの名前が気に入っているの」

何を大事にするかは当人次第。

私は当時を思い出しながら、懐かしい気持ちに包まれた。

ずっと昔の、温かな時間。自分を形作ったかけがえのない生活を、今でも私は大切に思っている。

「人の子の育て方はわからないって言いながらも、師匠は師匠なりに私を可愛いがってくれたと感じてる。女児が喜びそうなものを街の人に聞いてくれたり、ファンシーな持ち物を買ってきてくれたりね」

「……ファンシー……か……」

冷めてしまった珈琲《コーヒー》を口に含み、顔をしかめたシャールは、そのまま何かに気づいたように室内を見回す。

私も同じように部屋の中を観察した。苺柄の机にリボン柄のクッション。シャールの執務室にはほかにも可愛いものがたくさん溢れている。

「そうね。フィーニスは、この部屋にあるような可愛いものをたくさん選んでくれたわ」

「やはりか」

シャールはやや呆れた顔で私に視線を移す。

「お前の趣味の起源がわかった」

「どういう意味よ」

しかし、彼はそれには答えず、感慨深そうに頷く。

「思った通り、アウローラのときでもお前はお前なのだな」

吹っ切れたように微笑《ほほえ》むシャールを私は不審の眼差しで見る。よくわからないが、彼の中で腑《ふ》に落ちることがあったようだ。

「ラム。先ほども伝えたが、お前の前世がアウローラであっても、私のお前への気持ちは変わらない。私はお前を気に入っているし手放す気もない。離婚もしない」

「そう、なの？」

そんなふうに言われると照れてしまう。私は、わずかに下を向いた。

「アウローラは長年私の憧れで、尊敬すべき魔法の使い手だった。だが、私はお前のことも尊敬している」

シャールがさらに距離を詰めてくる。

「この家を変えたのはお前だ。無茶な依頼や訓練が減ったおかげで、この先メルキュール家の者が命を落とすこともなくなるだろう。私にはできなかったことだ」

シャールはいたく真剣な顔だった。真面目に自分の気持ちを私に伝えてくれている。

「あんな目に遭わされていたお前が、次々に我が家の環境を改善していくのを見るにつれ、私はこれまでの自分の思い違いを目の前に突きつけられた気がした。そうして、いつも前向きなお前を大事に思うようになっていったんだ」

表情を変えないまま、彼は話を続ける。

「私もメルキュール家の皆が大事よ。もちろんシャールもね」

「そうではなく……まあいい。顔色が悪いから、まだ寝ていた方が良さそうだ。たしか医者から、お前の具合が悪いときにと薬を預かっていた」

なんでも食べられる私だが、薬はあまり得意ではない。

特に苦味のあるものは避けたいが、薬というものは大体においてものすごく苦いのだ。

「わ、私、とても元気になった気がするわ。もう薬は必要ないかも。今後混乱が起こるかもしれないから、双子にもアウローラの事情を説明しに行かなきゃだし？」

「子供のような言いわけをするな。双子やカノンには私から話しておくと言っているだろう」

淡々としたシャールの声とともに、何かが口に放り込まれる。それは……。

「苦っが〜い!!」

恐ろしく苦みの強い薬だった。気絶したくてもできない、刺激の強すぎる味である。

しかも一瞬で口の中で溶け、えもいわれぬ味が舌全体に広がる。

「うぐぅっ、シャール！　これ、ものすごく不味いわよ」

涙目になりながら文句を言うと、真面目な顔だったシャールがようやく、にやりと意地の悪い笑みを浮かべた。

「お前が手作りした菓子よりマシだ」

「私が作ったお菓子は、もっと美味《おい》しいはず。ここまで苦くないわ！」

あきらかに私の発言を否定している顔のシャール。最近の彼は表情豊かだ。

「はぁ」

シャールはテーブルの反対側へ回って、私の体をしっかり支える。

まるで抱きしめられているような体勢に、私は酷《ひど》く落ち着かないような、それでいて安らげるような不思議な気持ちになっていた。

それに、異性と密着した体勢なのにまだ意識がある。

「な、なんで？」

戸惑いの感情が口からこぼれ出てしまう。それくらい不思議だった。

頭の中は混乱し通しだが、シャールと密着する度に意識を飛ばしていた今までとは異なる変化だ。

「ラム、こういう接触は慣れだ。そのうちお前も、抱きしめられたくらいで毎回意識を飛ばさなくなる」

「待って。でも、いきなりこんなふうにされると驚くわ」

しかしシャールはまったく意に介さず、片手で私の前髪を押し上げ額に額をくっつけた。

（きゃあああっ！　不意打ち！）

私の頭は即座にパニックを起こし、心臓は今までになく激しく脈打っている。顔面も耳も熱いし、行き場を失った両手は震えていた。

先ほど一瞬感じた安らぎは気のせいか、薬が見せた幻覚に違いない。

「案外大丈夫そうだな、ラム」

シャールはどこか嬉しそうだ。

「ぜんぜん大丈夫じゃないわよ」

恥ずかしくて、ドキドキして、今にもおかしくなりそうなのに。じっとしていることしかできない。でも、それが嫌というわけでもない。

少し前から時折感じる気持ちに、私はまだ戸惑っている。

（どうしてシャールの前でだけ、こんなことになってしまうの!?）

私の混乱をよそに、シャールはまるで、こちらの心を見透かすかのような表情を浮かべていた。

（悔しいわ）

前世の年齢を合わせれば年上のはずの自分がまるで、とんだお子様のように思えてきて、情けなくなる。しかも、どういうわけか、だんだん眠くなってきた。

「そういえば、その薬は副作用で眠くなることがあるらしい」

「早く言って」

今更苦情を言ってももう手遅れだ。

薬の副作用なのか、はたまた体力が限界を迎えたのか。瞼《まぶた》が重くなってきた私は、そのまますうっと眠りについてしまったのだった。

※

ラムを寝かしつけて再び執務室へ戻ったシャールは、病み上がりのラムに代わって、ことの顛末《てんまつ》を呼び出した双子たちに話すことにした。

「実は、ラムに関する内容で、お前たちに話していないことがある。私自身もつい最近知ったことだが」

ファンシーなもので溢れた朝の執務室で、双子は揃ってシャールの話に耳を傾ける。

「五百年前の伝説の魔法使い、アウローラ・イブルススは……」

だがここで、バルが口を挟む。

「アウローラって、シャール様がグッズを集めている、歴史上の有名な魔法使いですよね」

「ああ、あの部屋の。シャール様の意外な趣味に、我々もびっくりしました」

フエまで便乗し、話の腰を折りに来る。シャールはそこから先の展開を話しづらくなった。

だが、ここで黙っているわけにはいかない。

「そのアウローラだが、実を言うと正体が……」

双子はいつになく歯切れの悪いシャールを、不思議そうな目で見てくる。シャールは覚悟してその続きを告げた。

「………ラムだった」

執務室の中に、やけに長い沈黙が落ちる。

双子は同じ表情を浮かべ、その場で固まっていた。やがて、バルが恐る恐る反応を返す。

「えっ、嘘《うそ》でしょ？　奥様が伝説の魔法使いアウローラ?:」

続けてフエもフリーズ状態から戻ってきた。

「たしかに奥様は五百年前の知識をお持ちですが……まさか、アウローラ・イブルスス本人？」

「そのまさかだった」

再び部屋に沈黙が落ちる。

突拍子もない内容だが、ラムの今までの行動のせいで、双子にとってもいやに信憑性の高い話になっていた。シャールは話を続ける。

「最初にその事実を告げたのは、オングル帝国にいたラムの弟子の一人だ。私も衝撃を受けた。しかし、ラム本人がそれを肯定している」

「シャール様、奥様はなんで今まで教えてくれなかったんだろう」

不思議そうに言うバルの言葉に、シャールは気まずげに口を開き答えた。

「本人曰《いわ》く、私のコレクションを見て、言い出しづらかったと」

「あーー……」

双子は揃って、納得の表情で頷いた。いたたまれない。

「でも、よかったじゃないですか、憧れのアウローラが奥様だったんですから」

「奥様がアウローラなら、メルキュール家も百人力だよね」

彼らは、さほどラムの正体を気にしていないように見える。

「お前たちは、それで納得できるのか？」

「まあ、驚きましたけど。奥様は奥様ですし」

「逆に、今までのあれやこれやも、正体がアウローラなら納得できるよね……というか、シャール様こそどうなんですか？」

バルに問われたシャールはしばし考えた末、先ほど思ったことを正直に告げる。

「正直、聞いた当初は戸惑ったが、私もラムの正体がなんであれ、気にする必要はないという結論に至った。たとえラムがアウローラの転生した姿だとしても、中身は一緒だからな。本人を見ていると、いろいろ悩んでいるのが馬鹿らしくなってしまった」

双子は妙に納得した様子で、揃って頷いた。

「アウローラの弟子たちの動きは気になるが、それについてはラムと対応していくつもりだ」

伝説の魔法使いであるアウローラだが、前世の弟子の育成については失敗したのかもしれない。

※

昼に目覚めたあと、私は、シャールが双子に「アウローラとラムは同一人物だ」と伝えてくれたことを知った。眠っているうちに話してくれたようだ。

双子はシャールが真面目に私をアウローラだと思っていることや、私の数々の魔法を実際に見ていること、さらには弟子たちのことも鑑みて、抵抗なく私がアウローラ本人であると結論を下したらしい。

薬の副作用が治まり目が覚めた翌日、私も改めて彼らと話をした。

ずっと真実を黙っていたので、自分からもきちんと伝えておこうと考えたのだ。

屋敷の庭の一角で、トレーニング中の双子を捕まえ、自分の正体について再度話をする。

二人は素直にこちらの話を聞いてくれたが、彼らの反応はあっさりしたものだった。

「シャール様もおっしゃったように、奥様は伝説の魔女アウローラの生まれ変わりなのですよね。いやあ、驚きました」

「どうりでいろいろな魔法を知っているわけだよね。アウローラの写本も難なく解読して教えてくれるし。でも、まさか伝説の魔法使いが、こんなに奇抜な趣味の持ち主だったなんて思わなかったな。執務室も学舎も今やひどい有様だ」

バルの言葉に、フエも大きく頷いている。

「伝説の魔女は料理の才能もなかったようですね。後世に趣味と料理のことが伝えられていなくてなによりです」

花に囲まれた中、私の料理や趣味に言及する双子。

「……反応するの、そこなの？」

だが、私がアウローラだとわかっても大きく態度を変えない二人に安堵したのもまた事実。

態度には出さないものの、私は心の底からほっとしていた。

「そういえば奥様、シャール様との仲は進展した？　最近シャール様の隠し部屋に入る機会があったけど、アウローラだらけだったよ。奥様、いろんな意味で愛されているよね」

「バル、あなたもあの中に入ったの？」

「奥様が攫われたときに、シャール様がなりふり構っていられなくなって。奥様を見つける魔法を求めて、あの部屋に過去の文献を探しに行ったんだ。現場にはフエやカノン様もいたよ」

「……あらまあ、大勢の人に見られてしまったみたいね。可哀想《かわいそう》に」

少しばかり、シャールが気の毒になった。

それとは別に、必死になって自分を捜してくれたのだと温かな感情がわき上がってくる。

「シャール様の好きな奥様とアウローラが同一人物でよかったですね。すごい偶然ですよ」

フエは楽しそうな顔をしていた。

「そうそう。そういえば、奥様は今回、シャール様に接近されても意識を飛ばさなかったみたいですね。すごい進歩じゃないですか」

「なっ……！」

シャールは双子に何を話しているのだろう。恥ずかしすぎる。

「毎回いい雰囲気のときに、奥様に気絶されるシャール様が可哀想だったんです。奥様だって、シャール様のことは、まんざらでもないでしょう？」

「どういう意味？」

話を一瞬理解できず固まった私に、横からフエが補足した。

「シャール様をあきらかに意識されていますよねという意味です」

「わ、私が？」

「はい。俺やバルに接するときとシャール様に接するとき、傍目《はため》にもわかるくらい動きが違って見えます」

「そりゃあ、シャールは一応夫だし。あなたたちと接し方が異なるのは当然よ？」

「奥様、そういう意味じゃないよ」

今度はバルが横から口を挟む。

「フエが言いたいのは、奥様は僕らを見ても顔を赤くして慌てたり、緊張から挙動不審になったりしないでしょう？……ということだよ。そんなふうになるのって、シャール様といるときだけじゃない？」

「なんでわかるの？」

私が答えると、二人はそのまま揃って押し黙った。

やがて、バルが伝えにくそうに口を開く。

「奥様、素直すぎでしょ」

フエはフエで笑いをこらえている表情だ。

「今の奥様の言葉を、ぜひとも直接シャール様に聞いていただきたいですねえ。きっとおもしろい反応をされますよ」

「それ、僕も見てみたいかも」

双子は楽しそうに目配せし合っているけれど、私にはなんのことだかさっぱりわからない。

「どういう意味か教えてほしいわ」

「うーん。ここから先は……」

「ええ、もう少しご自分で考えてみてください」

教えてくれればいいのに、双子は面白そうに顔を見合わせ笑うだけだった。

「仕方ないわね。だったら」

話していると、ふと自分の体に違和感を覚えた。

「……あ、あら？」

だんだん足に力が入らなくなり、視界がクラクラしてくる。

元気なのに、体の均衡を保つのが酷く難しい。

(目眩だわ。また倒れそう)

復活したばかりだというのに、自分の体の弱さが悔しい。

立っていられなくて地面に膝をつくと、双子が心配そうに駆け寄ってくる。

「奥様！」

「また体調が悪くなったの!?　ひとまず一緒に屋敷へ戻ろう」

「シャール様にも知らせなくては」

慌ただしい双子の会話を聞きながら、私は自分の体に起きた変化に対してただ困惑する。

部屋に戻ってからも、私の眩暈《めまい》は治まらなかった。

「待ってて、奥様。今、シャール様を呼んでくるから」

「奥様はゆっくり休んでいてくださいね」

双子は揃った動きで、パタパタと部屋を出て行く。

ベッドに腰掛けた私は、今の自分の状態を確認した。

(気分の悪さはないし、体の調子も悪くないはず。ただ、くらくらするわ)

いつもの体調不良とは、状況が異なる気がした。

(何が原因なのかしら。レーヴルから戻ってきてからは、記憶が戻った頃より具合の悪さもマシになっていたのに)

悩んでいると、部屋の扉がやや乱暴にノックされた。

「はーい、どうぞ?」

返事をすると、シャールが早足で入ってくる。カノンも一緒だ。

双子が気を使って呼んできてくれたらしい。

「ラム、また倒れそうになったと報告を受けたが」

「母上、大丈夫ですか!?」

シャールたちは、心配そうにベッドに腰掛けた私をのぞき込む。

「残念ながらこの通りなの。元気なのに立っていられなくて」

傍の椅子に腰掛けたシャールは、弱った様子の私を気遣いつつ口を開いた。

「倒れる頻度が高いのは、隣国で慣れない生活を送ったり、そのまた隣国に攫われたりと慣れないことが続いたからではないか?」

「母上、父上の言うように無理がたたったのでは?」

「そうなのかしら」

今回はいつもの体調不良とは違う気がするが、確証もないし上手《うま》く言うことができない。

それに、シャールの言うように、遠出したのも原因の一つではあるのだろう。

虚弱な体で魔法を連発したり、前世の弟子たちに会ったりと、心理的にも驚くことも多かった。

「いずれにせよ、しばらくゆっくり休んだ方がいい」

「そうですよ、母上」

カノンが私よりシャールの肩を持つようになってしまった。

こと、私の体調と服装に関して、二人は謎の団結力を見せる。

「休んでいる間に何かあっても、私がお前を守ると約束する」

私を安心させようと、シャールが一生懸命なのが伝わってきた。彼もずいぶん変わったものだ。

「母上、早く元気になってくださいね」

「ありがとう。シャール、カノン」

もぞもぞと身じろぎしつつ、私は彼らに感謝の気持ちを伝える。

「今のところ、私の弟子たちも大人しくしているみたいだわ。いざというときに魔法が使えるよう、
私の方でも何か考えて……」

「お前は寝ておけ」

「母上は回復に専念してください」

またしても、シャールとカノンは二人揃って私を休ませようとしてくる。

（圧を感じるわ）

二人が好意から言ってくれているだけに、反論しづらい。

それもまた家族らしく思えて、私は素直に二人に従うことにする。

休んで体の具合が落ち着けば、今の状態についても考える余裕ができるだろう。

「僕は世話係のメイドを手配して、双子を手伝ってきます。父上は母上の寝かしつけをお願いします」

「ねっ、寝かしつけ!? 子供じゃないんだから」

しかし、カノンはテキパキと動き、部屋を出て行ってしまう。

シャールは頑丈な作りのベッドに腰掛けたままの私を、言葉通り寝かせに動いた。

されるがままの私は、とりあえず洗いたての柔らかなシーツの上に横になる。

ふと、シャールがどこか思い詰めたように重く呟く。

「私にもっと力があればな。お前に負担をかけずに済むのに」

シャールは日々、恐ろしいスピードで成長している。

本来なら悩む必要すらないことだが、連続して私の弟子たちに出会ってしまったことや、私自身がアウローラだと知ったことで、実力不足に焦ってしまっているのだろう。

私はシャールが落ち着くよう、事実を話して説得する。

「あなたの成長速度は、私の前世の弟子たちよりも速いわ。普通はあんなに次々に魔法を会得できないもの。それを、あなたは魔法書を読んだだけで、ほとんどやってのけている。昔の弟子たちだって、こうはいかなかったわ」

「だがそれでもアウローラには――お前には遠く及ばない」

シャールは悔しそうに俯《うつむ》いた。

そんなふうに思う必要はないといくら告げても、焦燥に駆られる今の彼には伝わらないのかもしれない。

だから、私は違う視点で話を続けることにした。

「あなたと私の魔法習得の仕方はよく似ているわ。それに習得速度も同じくらい」

「……」

「私は魔法が好きで好きで仕方がなくて、思いのままに魔法を使っていたから勉強している感覚がなかったの。あなただってアウローラマニアが高じて、こうなってしまっただけでしょ？　学習すると考える者よりも、好きで突き進んでいく者の方が、習得速度が速いって、前世で師匠が話していたわ」

「………」

図星を指されたシャールは押し黙ったままだ。彼は気まずくなった際、紅い目をそらす癖がある。

一緒にいる時間が長くなるにつれ、シャールの様々な仕草の意味がわかってきた。

（とっつきにくそうに見えて、案外わかりやすい素直な人よね）

彼について考えていると同時に、庭で話していたときの双子の、シャールに関する言葉まで蘇《よみがえ》ってきた。今蘇らなくていいのに。

『奥様は僕らを見ても顔を赤くして慌てたり、緊張から挙動不審になったりしないでしょう？　そんなふうになるのって、シャール様といるときだけじゃない？』

『今の奥様の言葉を、ぜひとも直接シャール様に聞いていただきたいですねえ。きっとおもしろい反応をされますよ』

二人の声が頭から離れない。

「……」

横になったまま、ぶんぶんと首を横に振り、私は双子の言葉を頭の隅に追いやろうとしたが無駄だった。

（もう諦めるほかないのかしら）

見方を変えれば、彼らに言われて気になっていたことをシャールに聞く機会でもある。

（そうよね、わからないものは尋ねるのが一番だわ）

私は勇気を出してシャールに問いかけた。

「ねえ、シャール。あなた、誰かを見たときに顔を赤くして慌てたり、緊張から挙動不審になったりしたことある？」

唐突な私の質問を受け、シャールは不思議そうに首を傾《かし》げる。

「いきなりなんだ？」

そして、こちらに不審の目を向けている。

「だから、誰かを見たときにドキドキして頭の中が混乱したりした経験ってない？」

自分の身に起こった出来事をなるべく正確に彼に伝えてみる。

私に問われたシャールは、少し考えたあとで私を眺めつつ、やや慎重に口を開いた。

「私に尋ねるということは、お前は同様の事態に陥った経験があるということか？」

「ええと、それは……」

「誰かを見て顔を赤くしたり、緊張したり、ドキドキしたと？」

どこか責めるように質問してくるシャールに若干気圧《けお》された私は、正直に頷いた。

「ええ」

すると、シャールはよりいっそう険しい顔つきになり、あからさまに不機嫌なオーラを纏《まと》い始める。回答を間違えてしまったらしい。

「誰だ、お前をそんなふうに変化させた相手は」

（なんで怒っているの？）

シャールは怖い顔で質問してくるが、彼が何に対して怒っているのかよくわからない。

「相手って、誰も何も」

「………」

私は覚悟を決め、正面に座る相手の紅い瞳を見つめた。

「シャール、あなたよ」

「………っ!?」

ありのままを告げると、シャールが驚愕《きょうがく》したような表情を浮かべて動かなくなる。

目を見開いたまま、ベッドの脇にある椅子の上で微動だにしない。

どうしてこんな事態になっているのだろう。

「シャール、平気？　もしもーし？」

「…………」

「シャールさーん？」

きっとまた回答を間違え、不味いことを言ってしまったに違いない。

「困ったわ。どうすればいいかしら」

椅子の上で静止する整った顔を見つめた私は、少しだけ上体を起こして彼の額を指でつんつんとつついてみる。

まだ、反応はない。

（そのうち戻るわよね）

仕方がないので、私はそのまま眠りの体勢に入って目をつむる。おかしいのは今だけで、しばらくすればシャールも復活するだろう。

（フエやバルは、どうしてシャールが「おもしろい反応をする」だなんて言ったのかしらねえ。固まっちゃったじゃないの）

でも、あの双子なら、珍しいシャールの姿を見て喜ぶのかもしれない。

一見従順に思える彼らだが実際はそうでもなく、わりといたずらをやらかしている。

シャールに対しては主従という感覚のほかに、幼なじみや兄弟といった感覚もあるみたいに見えた。学舎でずっと一緒に過ごしてきたからだろうか。

前世も今世も親しい兄弟のいない私には、よくわからない感覚だ。

（なんにせよ、今は眠ろうかしらね。起きたら少しは動けるようになるはず）

今回の具合の悪さがいつもと異なるのも気になる。

上手くは言えないが、ただ具合が悪いと言うよりは、何か体に変化が起きているような不思議な感じがするのだ。

目を閉じていると、また私の体は異変に襲われ始める。頭が痛くなったり、逆にスッキリクリアになったり。

（覚えのある状態だわ）

前に頭をぶつけて前世の記憶が戻ったときのような、何かを思い出せそうな久しぶりの感覚だ。

（どうして転生者の中で、私だけが記憶をなくしているのかしら）

対するエペやグラシアルには、前世の記憶が全部あるというのに。

（違いは、何？）

魔法には使用者の気持ちが色濃く反映される。特に闇魔法などはそれが顕著だ。

エペは私に前世の死因を教えてくれなかった。

彼が私に、前世の記憶を残したくないと考えたのなら、それが魔法に反映されてしまったのだと思われる。

（でも、どうして？）

エペだけではなく、グラシアルまでもが口を噤《つぐ》む私の死因。
弟子たちは一体、何を隠しているのだろう。
（頭が、また痛くなってきたわ）
思考しているうちに、私の意識はいつもより深い場所へと落ちていった。

ぼんやりと意識が明け方の空のような薄闇の中に浮上する。

ああ、これは自分の夢なのだと、私は頭のどこかでそれを理解していた。

（私はこの景色を知ってる）

悲しくて切なくて、胸を締め付けられるように苦しくて。

でも、そんなことを考える余裕もないくらい必死だったあの頃、目の前にあった、変質した魔力の残滓《ざんし》を多分に含んだ空の色だ。

（頭が痛い。夢の中なのにひどいわね）

痛みのせいで、赤い光が目の前でチカチカ点滅する。

その点滅の向こうに、なにか……過去に覚えのある光景が見えた。

はっきりとではない、点滅の合間のふとした瞬間、ちらちらと心に差し込むような鮮烈な光景が蘇《よみがえ》るのだ。

暴走する魔力に翻弄される人々。彼らに降りかかる代償。止まらない魔力の大爆発は津波のように次々と街を破壊していく。

（駄目、止めなきゃ！）

夢の中の私が叫ぶ。しかし、人々は誰も反応しないし、自分の声も届かない。皆を守らなければと思うのに、体が動かない。

ひときわ大きな魔力が爆発したあとで、それらの光景が一瞬にして消え去った。

また、薄闇の中の風景に戻る。

「……っ」

ひやりと血が凍るような感覚と、押さえた両手から伝わるバクバクと激しく脈打つ心臓の音。

どうしてか、今見た光景が五百年前、実際にあったことなのだと理解できた。

なぜ、今思い出したのだろう。二人の弟子に出会ったからだろうか。

(でも、まだわからない。あの光景がなんなのか。私の最期と関係があるのか)

見えたのは、断片的な場面だけ。

どうしてそんな事態が起こったのか、そのあとどうなったのかは、まったく思い出せない。

「……寒い」

まるで全身が凍えるような感覚にさらされ、夢の中の私は小さくしゃがみ込んだ。

いつの間にか頭の痛みは引いていて、常日頃感じるような体の苦しさもない。

だが、胸の底から不安が押し寄せてくる。たった一人でいる自分が、心許《こころもと》なくてたまらない。

(こんなとき、弟子たちなら迷わないのでしょうね)

あの子たちは、少しのことではブレない、芯の強さを持っている。

私自身も同じと思っていたが、こうして一人不安にさらされると案外堪《こた》えた。

薄闇の景色がだんだんと白んでくる。もうすぐ目が覚めるのだろう。

結局、詳しい記憶は思い出せないままだった。

※

目覚めたら自分の真横でシャールが眠っていた。

長いまつげに縁取られた紅《あか》い瞳は見えず、規則正しい小さな呼吸の音だけが聞こえる。

私の睡眠中に、椅子からベッドまで移動したらしい。彼が動く気配は毎回摑《つか》めない。

魔獣退治に慣れているシャールは独特の、気配を感じさせない歩き方をすることが多いのだ。

（まったく、すぐ私の隣に入り込んでくるんだから。わざわざ私の横で寝なくても、自分の部屋に戻った方がよく眠れるでしょうに）

手を伸ばし、隣に寝そべる均整の取れた体を雑に揺さぶる。

「ちょっと、シャール。起きて」

棚に置かれた時計や窓から差し込む光を見て、今がもう朝なのだと判断できた。

シャールを起こしながら、私は昨日までの具合の悪さが嘘《うそ》のように治っているのに気がつく。

（あら、今朝は調子がいい感じ。魔法も使えそうね。弟子たちへの対策のためにトラップでも作ろうかしら。そろそろあの子たちも喧嘩《けんか》に飽きて動き出す頃でしょう）

肌寒い空気の中、今日の予定を頭に思い浮かべていると、揺さぶられ続けていたシャールがようやく目を覚ました。

「おはよう、シャール。こんなにぐっすり眠ってしまうなんて、私のベッドは、よほど寝心地がよかったようね」

ほんの少し言葉に不満を織り交ぜてみるが、シャールはいつも通りどこ吹く風だった。昨日固まっていた謎の状態も、すっかり元に戻っている。

「ああ、理由はわからないが、お前のベッドだとよく眠れる。毎日ここで眠りたいくらいだ」

彼に嫌味は通じない。それどころか、この流れで話し続けると、本当に毎日シャールが来てしまいそうだ。

「自分の部屋があるんだから、そっちで寝るべきよ。ただでさえ、あなたは過労気味なのに、夜くらいゆっくり休まないと」

「心配してくれているのか？　お前は私にゆっくり休んでもらいたいと？」

「そ、そうよ」

肯定すると、シャールが真面目な顔で何やら思案し始める。

でも、こういう場合はまず、ろくな答えが出てこないことを私はこれまでの彼の言動から学習していた。

「お前は私を熟睡させたい。私はお前と一緒なら熟睡できる。それなら二人の寝室を統合すればいい。本来、夫婦とは共同で使う寝室があるものなのだろう？」

予想通り、斜め上の答えが返ってきた。

「シャール、あなた、『名案だ！』という顔で、またとんでもないことを言い出したわね」

「とんでもなくはない、これは双子が持っていた一般的な本に書かれてあったから、常識として正しい知識だ。五百年前はどうだったか知らんが、テット王国の最新の夫婦の形らしい」

何もわからない子供に物事を教える顔つきのシャール。彼は本気だ。

最近、私を世間知らず扱いしてくるシャールの常識も、かなり危ういのではと気づき始めた。その線で行くと、双子もシャールより少しましな程度だ。

そして、こと結婚や夫婦関連の知識に関して、このメルキュール家にまともな意見を話せる者など一人もいない……！

（閉鎖された学舎育ちかつ、偏った世間で揉《も》まれながら育つと、こうなってしまうのね。私も他人のことをとやかく言えないけど）

夫婦の事情に詳しいかと言えば、私も微妙である。

前世の最初の家族は狭い家に住んでいたが、寝室が一つしかなく全員雑魚寝状態だった。

さらに師匠はずっと独身だったし、彼女の家族を見る機会もなかった。

多感なお年頃だった私に師匠は、「長命のエルフィン族は恋愛に興味がなく、一生のうち一度でも結婚すれば奇跡ですね」などと教えてくれた。そんなだから、絶滅危惧種族になるのだ。

そして私もまた弟子たち以外の異性と関わる機会が少なかった。弟子たちも誰一人、外で恋人を作ってきたりはしていない。

つまり、私は年齢を重ねていても、夫婦については、ふわふわした世間話を信じているだけで、本当のところなど何一つ知らないのだ。

（まずいわ。正解がわからないから、どう反論すればいいか名案が浮かばない）

機嫌の良さそうなシャールは、すっかり夫婦の寝室なるものを用意する気でいるようだ。そんな場所ができたら、ただでさえ暴走気味な私の心臓がさらにうるさくなってしまう。

（この話題にはなるべく触れず、シャールが忘れるのを待ちましょう。それなりにやることも多いし、寝室どころではなくなるはずだわ）

シャールは私といたら熟睡できると言うが、そんなはずがない。彼は他人といるより一人の方が落ち着けるタイプだ。

（うん、そうよ。シャールの一挙一動に惑わされている場合じゃないのよ）

私は自分に言い聞かせる。

さしあたっては、私の体調悪化で延期されていた結界やトラップの構築が必要だ。

私は動揺を押し隠しながらシャールに話しかけた。

「そろそろ、屋敷に結界やトラップを仕掛けないとね。私の弟子たちが動き出すでしょうし。さっそくメルキュール家のメンバーに伝えないと」

だが、シャールは乗り気ではなさそうだ。

「体は問題ないのか？」

「ええ、もちろん」

「…………」

毎回倒れているので、私の体調に関する発言には信憑性《しんぴょうせい》がない。けれど、今回に限って言えば別だ。

「どういうわけか今朝は調子がいいの。夢見は悪かったけど」

「夢？　特にうなされてはいなかったが」

「そ、そうなの？　なら、よかったわ」

横で寝ながらも、シャールは私の状態を確認していてくれたようだった。

「いったいどんな夢を見た？」

「それが、五百年前の……過去の記憶に関する夢だったんだけど」

過去と聞いてシャールがハッと反応する。

「夢の中で記憶の片鱗《へんりん》が見えたというか、何か思い出せそうな感じだったというか。断片的に浮かんだ光景が、上手《うま》く言えないけど嫌な感じだったのよ」

「断片的な光景？」

「人々が危機に陥っているような、変質した魔力が、大気中に満ちあふれているような夢よ」

「変質した魔力？」

シャールが不思議そうな顔で思案している。

「ラム、確認したいのだが、魔力の変質とはなんだ？」

「魔力にはそのまま魔法として放つ使い方と、変質させてから放つ使い方があったの。通常、魔力は練り上げて魔法として放ったり、体内に循環させて体を強くしたりするのに使うわよね」

紅い瞳が続きを催促するようにこちらに向けられる。

「五百年前の魔法アイテムに限ってのことだけれど、魔力を変質させる機能を持つものがあったの。普通に魔力を付与する以上の力を引き出せるから、多くの人々がアイテムに群がったわ。当時はその方法が流行《はや》ったのだけれど……あら、私……また新しい記憶を思い出しかけてる？」

どういう理屈でそんなものが「流行った」のだろう。

五百年前といえど、魔力をあえて変質させるなんてありえない。

威力が強大なのは理解しているが、魔法使いは誰もそんなものを使わなかった。無理に変質させた魔力は必ず、何かしらの害を生じさせるからだ。

それは善良な魔法使いにとって忌避されるべき行為だった。

「ごめんなさい、シャール。ぼーっとしちゃって」

我に返った私は、ふと会話の途中だったことを思い出す。

「具合がまだ悪いなら無理しなくていい」

「平気だから説明させて。魔力を変質させるには、とても難しい知識や技術が必要なの」

魔法アイテムの研究家でも、敢《あ》えて変質魔力を用いるような人物はいなかった。「彼」以外には。

「アイテムで使われた変質魔力は、よくない作用を引き起こすわ。魔力の性質を無理にねじ曲げるからよ」

通常、放出された魔力は自然に消えていく。でも、変質魔力は強大な力を宿したまま、不安定な状態で大気中に残ってしまう。

「当時の変質魔力が何を引き起こしたかまでは、はっきり思い出せないけど。きっと良くないことに違いないわ」

なんにせよ、事実はわからない。私は一旦話を切り上げた。

「そうか」

シャールもそれ以上は聞いてこない。

「ところで、これから結界やトラップを仕掛けるなら私も手伝おう。魔力も私のものを使えばいい」

「ありがとう、助かるわ。トラップに魔力はそこまで必要ないけどね、作り方にコツがあるの。説明するから、実験室へ行きましょう。子供たちの前に、あなたに伝えるわ」

私はシャールを誘い、庭の一角に建つ実験室へ移動する。

「そういえば、カノンたちにもお前の正体を伝えた」

「……ありがとう。皆、何か言っていた？」

「特には。カノンは私と同じような反応で、ミーヌとボンブははしゃいでいた」

「そ、そう」

いずれにせよ、拒否はされていないようなのでよかった。私はこっそり安堵《あんど》する。

しばらく歩くと、目的地に到着した。

こぢんまりした二階建ての実験小屋には、今や豊富な実験材料が揃《そろ》っている。

二階の素材置き場へ到着した私は、ごそごそと乱雑に置かれた木箱の中身を物色する。これでも、以前よりだいぶ片付いたのだ。

私が手を加える前は素材不足が深刻な上に、置かれている素材もほぼ埃《ほこり》を被《かぶ》っていたので。

木箱の中から、私はいくつかの素材を取り出していく。

「まずは今ある素材の中から、基本となる材料を決めるわね」

「トラップは薬や道具のように作ればいいのか？」

「何も用いないでもできるけど、素材があった方が作るのが簡単なのよ。うーん、このネバネバ粘土なんて素敵ねえ」

私は乱雑に置かれた壺《つぼ》から、黄土色に輝く土の塊を手に取った。ちょっとだけ異臭がするのも、ネバネバ粘土の特徴だ。

素手で粘土を摑む私を見たシャールは、「うっ」と眉を顰《ひそ》める。

そんな、不信感満載の目で、私を見ないでほしい。しっかり頑丈なトラップにする予定だから。

「シャール、そっちにある蜘蛛《くも》の巣を取ってくれない？　向こうの薬箱も……」

「わかった」

シャールは蜘蛛の巣も苦手なようで、顰《しか》め面《つら》のまま嫌そうに蜘蛛の巣の張った枝を指でつまんでいた。

材料を手にした私たちは、そのまま実験器具の置かれた一階へ下りる。

「さあ、始めるわよ」

腕まくりをした私は、大きな鍋の前に立った。

まず、ネバネバ粘土と蜘蛛の巣、それから威力増幅材を魔法実験用の鍋に入れ、銀色のお玉でねるねるする。

ちなみに、この鍋は、ちょっとやそっとの爆発では壊れないよう、事前に私が魔法で強化改良済みだ。岩が降っても傷一つつかない頑強さである。

「魔力を持たない人間が狩りに使うような、単なるトラップではなく、魔法効果を使ったトラップよ。代表的なのは幻覚効果ね」

「お前の弟子に効くのか？　幻覚に惑わされる性格じゃないぞ、あれは」

「そうねぇ」

たしかに、シャールの言うとおりだ。

「かといって、怪我《けが》はしてほしくはないし。トラップには、魔力を吸い取る効果を付与するわ」

「わかった」

シャールは、今度は真剣にトラップ作りを見学し始める。そんな彼を見て、私は手に持っていたお玉を差し出した。

「シャールも魔法効果をつけてみる？　付与する魔法は好きなもので大丈夫よ。何かあれば私に聞いてくれていいし、トラップについての本はこっちにあるわ」

彼は少し考えたあと、私に向かって告げる。

「空中から入ってくる敵も対処したい。結界も張る予定だろうが、念には念を入れるべきだ」

「たしかに。じゃあ、さっきの蜘蛛の巣を使いましょう。泥と同じ要領でこうやって、こうして、こうで、こうよ！　転移魔法にも対応できるわ」

　薬品を沸かせた鍋に入れて液体になった泥や蜘蛛の巣を融合させていく。

「完成した液体に、メルキュール家のメンバー全員に来てもらって、彼らの魔力をトラップに加えて馴染《なじ》ませるの。すると、その魔力の持ち主に対しては、トラップは発動しないから」

「なるほど」

「このトラップは、魔力を馴染ませたメルキュール家の人間以外が、圏内に入ると発動するわ。具体的には、不法侵入者にくっつくの。トラップを作った本人……つまり、あなたと私が解除するまで、侵入者はトラップにくっついたままで逃げられない」

「魔力の加え方はこうか？」

　シャールは私の作業を見ただけで、トラップの作り方を理解できたようだ。

「とても上手よ」

　褒めると、彼はふいと目を逸《そ》らしてしまう。

（恥ずかしがりなんだから）

　そのあとシャールは、ネバネバ粘土の残りを使って、たくさんトラップを作製した。

（やっぱり覚えはいいのよね。魔法だって、初見で理解してしまうし）

　彼は魔法使いに向いている。事細かに魔法を教えなくても、即興で使えてしまうのは貴重な才能だ。

　魔法が自由に学べた時代なら、シャールがアウローラと並ぶ魔法使いになっていても不思議ではない。だからこそ、今の時代のこの現状が惜しい。

（今の調子でいけば、案外早く実力が伸びるかもね。普段から魔力を垂れ流しているフレーシュ殿下ほどではないけれど、魔力量も多いし）

トラップを作り終えた私たちは、大量に作った液体を屋敷の各所に流していく。

外周はもちろんのこと、敷地内にもランダムに撒《ま》いていった。

「これは主要部分に撒いておいて。細かな部分は子供たちに任せてみましょう。きっといい勉強になるわ」

シャールは「……だな」と告げて素直に頷《うなず》いた。

「次は結界を張りましょう。光魔法の一種で、攫《さら》われたときにエペが使っていたようなものよ。アイテムを使ってもできるけど、今回は練習も兼ねて何も使わず魔法だけを用いた方法でいくわね」

シャールは真面目に話を聞いている。

「これが使えると、いろいろ応用を利かすことができるわ」

私は彼の手を取り、魔力の流し方をレクチャーした。

シャールは上手に魔力を使って、透明な膜のような結界を構築していく。魔法を言葉で説明するのは難しいが、彼には正確に意味を捉え実践できる力があった。

説明も兼ね、しばらく彼の手を握っていると、シャールが困った様子で身じろぎする。

「どうかしたの？　魔力を使いすぎた？」

「いや、なんでもない。魔力もまだある」

シャールの顔がやや赤い気もしたが、体調が悪くないならそれでいい。

最後にシャールが結界張りを一から実践し、屋敷全体を覆う球状の巨大結界が完成した。

「分厚くていい結界だわ。結界を張る手際も良かったわよ」

「本当にこれで大丈夫か？」

「ええ。ある程度の転移や魔法攻撃は防ぐことができる。弟子たちが力を合わせたら破られてしまうけれど、あの子たちは簡単には協力し合わないわ。昔から仲良くできないのよね」

物言いたげな視線をシャールから感じたが、何を言いたいのかまではわからない。

そのあとは時間が余ったので、トラップを結界の上にも設置した。

ほかにはシャールにいくつかの魔法を教え、屋敷の警備をさらに強化し、私たちはトラップや結界作りの仕事を終える。

運良くこの日は、私が体調不良で倒れることはなかった。

※

翌日の朝早くに、テット王国の王宮から使いが来た。

突然の訪問だったため、私とシャールはバタバタと使者の対応に追われる。

訪れた使者の話を聞くに、どうやらレーヴルでの経緯を、国王のもとまで報告に来いとのことらしい。一応報告はしてあったが、エペの件でいろいろ予定が狂ったため、王宮側が疑問を抱いたのかもしれない。

「うーん、伝え方が悪かったのかしら」

「いや、今回の件にかこつけて、無茶な依頼を出す気かもしれない」

テット王国の国王をシャールは信用していないらしい。

（無理もないわね）

この国の上層部はメルキュール家の魔法使いを散々使い倒し、疲弊する彼らにさらなる難題を魔法で解決しろと迫ってくるような人たちばかりだ。

セルヴォー大聖堂の一件で仕事量は減ったものの、決して楽をしているわけではなく、まともな仕事量に戻っただけのことだった。

（呼び出しにかこつけ、新たな仕事を命令されるのは困るわ。きちんと断りを入れなきゃ）

私はシャールについて、王宮へ行くことを決める。

そして数日後、私たちはテット王国の王城へと足を踏み入れた。

藤色の落ち着いたドレスに身を包んだ私は、伯爵夫人として堂々と王宮内を進んでいく。

城の中はレーヴル王国よりもシンプルで、可愛《かわい》らしい置物や色とりどりの絵などは置かれていない。真っ白な大理石が敷き詰められた廊下を進んでいくと、謁見の間の扉が見えてきた。

国王と直接話をするのは初めてだ。少しだけ好奇心がうずく。

（顔は見たことあるけど、どんな性格なのかしら）

広々とした部屋の両側には衛兵がずらりと並び、国王の補佐たちも手前に揃っている。まっすぐ敷かれた絨毯《じゅうたん》の一番奥にいるのが国王だろう。

（わかりやすいわね）

いかにもなマントを羽織り、王冠を頭に載せている。このスタイルは五百年前と概《おおむ》ね同じだ。

（髪に羽根飾りをたくさんつけたら、にぎやかで垢《あか》抜けると思うのだけれど。前世の国王には却下されたのよね）

私はシャールに倣って、国王の前での礼をする。こちらも五百年前とさほど変わらない礼儀作法だ。

テット王国の国王は、いかにもという感じの中年男性だった。

彼には妻も子もいるが、まだしばらく代替わりはしないだろう。同じ母を持つ王子たちは、いずれも幼い子供だ。

こほんと咳払《せきばら》いした国王は、威厳を感じさせる声音でシャールに話しかける。

「本日そなたたちを呼び出したのは、レーヴルでの件について聞くためだ」

重々しく国王が告げると、シャールが無愛想な声で答えた。

「それなら、事前に報告書を上げているはずだが」

シャールはいつものように不遜な態度で言いたいことを言う。

「わざわざ夫人を指名してレーヴルへ招待した理由はなんだったんだ？」

「昔世話になった知り合いに妻が似ていたらしい、別人だったがな。第一王子は気まぐれな性格のようだ」

向こうから歓迎され、つつがなく過ごしたこともシャールは報告している。

「特に問題なくやりとりできた。向こうの心証もよく、外交も成功に終わっている。話がそれだけなら帰るぞ」

メルキュール家は伯爵家として、国王からの命令には基本従わなければならない。

だが、国王もまだ魔法の力を恐れているため、シャールにあまり強く出られないようだ。

「時に、メルキュール伯爵。そなたは最近時間に余裕があるようだな。なんでも、いつも屋敷にいるとか」

「どこのガセ情報だそれは。討伐依頼は受けているし、結果も毎回報告を上げているだろうが。城の役人どもは事実確認もできない能なしばかりなのか」

どことなく、今の国王の口調には責めるような響きが含まれており、それに反応したシャールの口の悪さが加速している。

(シャールが怒る気持ちもわかるのよね)

転移魔法が使えるようになったのと、新たな攻撃魔法を覚えたから、そのぶんかかる時間が減っただけ。

そうしてできた時間は事務仕事に当てたり、休息時間に当てたりして過ごしている。国王に文句をつけられる筋合いはない。生きている以上、誰だって休みは必要だ。

シャールには魔獣討伐だけでなく伯爵としての役目もあるし、双子だって学舎の子供たちを見なければならない。暇を持て余しているわけでもないのだ。

（それにメルキュール家を責めるのはお門違いだわ）

魔獣討伐や大規模な悪人の捕縛など、どうしても魔法使いが必要だというような大変な依頼は昨今では少ない。実際に話を聞いて知ったが、大半がくだらない些細《ささい》なことでシャールを呼びつける案件だった。

些細なことでも魔法使いの方が早く処理できるとか、碌《ろく》に調べもせず魔獣が怖いから見てほしいとか……。中には、現場に向かったが魔獣はおらず、めかし込んだ年頃の令嬢が立っていた、などというふざけた依頼もあったらしい。

（そんなことのために、メルキュール家が走り回らなければならないのはおかしいわ）

国王の話はまだ終わっていない。静かな謁見室の中で、私は注意深く彼らの話に耳を傾けた。

「言いたいことがそれだけなら失礼する」

きびすを返そうとしたシャールを国王が引き留める。

「ま、待て。時間に余裕ができたなら、もう少し仕事量を増やしてもいいだろう。現在、魔法使いを必要とする業務は増加の一途を辿《たど》っておる。国外からも魔法使いを派遣してほしいという要請が来ているのだ」

国外でもメルキュール家は「数少ない魔法使いが集う家」という認識で見られている。

そこまで関わりはないものの、近隣諸国の有力者などからは国王や司教を経由して、時折依頼が来るようだ。魔法使いは忌避する存在だが、対処が難しい魔物などの相手は任せてしまおうという認識は、テット王国と共通していた。

あと、国王はメルキュール家を紹介することで、外国から多額のマージンを得ている。

片眉を上げたシャールは、そんな国王の様子を窺《うかが》いつつ答えた。

「だから、メルキュール家に余裕ができたわけではない。効率化を図って、仕事に費やす異常な時間を正常に戻しただけだ。代々、うちの当主や魔法使いたちが短命なのは知っているだろう。我々は日々命を削って、常識ではありえない量の業務を遂行してきた」

謁見室にピリピリと張り詰めた空気が流れる。

小さく息を吸った私は、黙ってことの成り行きを見守った。

このまま国王が退《ひ》いてくれればよし。

シャールに命を削れと言ってくるなら、相応の報復をした上で安全な労働環境を勝ち取ってみせる。それが難しいなら、テット王国から出て行けばいい。

もうメルキュール家はモーター教の聖人や聖騎士を恐れる必要はないし、国からの依頼を受けなくても生活していける。

魔法使いがいなくなって困るのは国王たちだ。

「仕事量が減ったわけではないだろう？　むしろ質は向上しているはず」

「しかし、少しくらいなら構わんではないか」

「断る」

にべもなくシャールが返事をすると、国王の眉間に皺《しわ》が寄った。

すると、奥から新たな人物が現れる。いかにも聖職者らしい服装から察するに、モーター教の関係者のようだ。

「セルヴォー大聖堂の司教だ。城に来ていたのか……」

不思議そうに眺めていた私に、シャールがこっそり教えてくれた。

司教とやらは、妙に身につける装飾品が多くてキンキラしており、全く似合っていない。全身パステルカラーの清楚《せいそ》な司教服にすれば素敵だと思う。

「そなた、王命に逆らうというのか」

「我々に死ねというのが王命なら、つっぱねさせてもらうが？」

「不敬な！　そなたは貴族であろう？」

つまり、この司教はシャールに対し、国王のために命を削って働けと言っている。

（セルヴォー大聖堂の人たちは、揃いも揃って本当に腹が立つわね）

ぎゅっと両手を握った私は、顔を上げて司教を睨《にら》み付けた。

「シャール。もしテット王国の貴族でいられなくなったら、皆で他国に移住しましょう」

「……ラム？」

「こんなあしざまに言われてまで、彼らのためにしてやることなんて一つもないわ」

伯爵夫人が口を出したのが気に入らなかったのか、聖職者が今度は私に噛《か》みついてくる。

「平民とさほど変わらぬ出身の奥方は黙っていてもらおうか。今、私はメルキュール伯爵と大事な話をしておる最中なのだ」

こちらを平民呼ばわりして見下してくるということは、彼は高位貴族出身の聖職者なのだろう。

でも、そんなことを言われて黙っている私ではない。

「そんなあなたは、メルキュール家の何を知っているというのかしら？　シャールたちは本当に限界ギリギリまで身を削って、魔法使いとして働き続けてきたのよ？　あなたたちの無理な押しつけに不平の一つも言わずにね」

事実を告げたが、聖職者は私の言葉を軽く流す。

「当たり前だ。こっちは魔力持ちどもに仕事を施してやっておるのだぞ！　そうでなければお前らなど、この国で生きていけないだろう。わかったら、ありがたく依頼を受けて働け！　件数の増減で文句をたれるな！　依頼者様はモーター神様だと思え！」

「そういうのは施しとは言わないわ。価値観の押しつけと搾取って言うのよ？　立場を笠《かさ》に着て、弱い者いじめをしているだけじゃない」

魔力持ちにならどんな無茶な命令を下しても許されると、彼は本気で思っているのだ。そうするしか、魔力持ちがここで生きていく術《すべ》がないから。

残酷な依頼だって平気でするし、魔法使いたちを使い捨てるのも厭《いと》わない。

そんな依頼者たちに合わせて、メルキュール家の方針は厳しくなり、学舎で戦闘が得意でない子は訓練によって振り落とされ、生き残った子も過酷な業務ですり減っていく。

「なるほど、全ての原因はモーター教なのよね。あなた自身がどこまで関与しているかはわからないけど、少なくとも今、メルキュール家を苦しめているわ。シャールやメルキュール家の皆を傷つけることは私が許さない」

聞けば聞くほど腹の立つ話だ。シャールたちは替えの利く便利な道具ではない。

けれど、この目の前の聖職者は彼らを簡単に消費しようとする。私の大切な家族を！

聖職者は私を睨みながら尚《なお》も言葉を続けた。

「はあ？　何を言っているのかさっぱりわからん。不敬な女だな。無学な伯爵夫人ごときに何ができる。お前なんぞ、モーター教の権威をもって、いつでも処分してやれるのだぞ」

「やれるもんならやってみなさいよ。この場で返り討ちにしてあげるわ」

いつになく好戦的な私の態度に、シャールがぎょっとした様子を見せる。

「ラム、煽《あお》りすぎだ。普通に断ればいい問題だろう」

「私は怒ってるの」

むっとした態度は見せているものの、シャールはこういう異常な事態を平然と受け止めている。

あきらかにおかしな状況に慣れた彼の姿が悲しいし悔しい。

（感覚が麻痺《まひ》しちゃっているのよね）

だから、私が代わりに怒るのだ。

「ラム……」

戸惑いながら、シャールがこちらを見ているのがわかった。

だが、止《や》める気はない。すっと指で円を描いた私は、それをまっすぐ司教に向ける。

「食らいなさい、改良版悪臭魔法、シャイニングドリアン！」

「ドリアン!?」

戸惑いの表情を浮かべた司教が、すかさず私の方を向いて悲鳴を上げた。円から飛び出した魔法の光が国王と司教に直撃する。

「そうよ。普通の悪臭魔法は家の皆に不評だったから、私なりに考えてみたの。臭いは強いけど、ドリアンの香りなら大丈夫。おいしい食べ物だから！」

「何を言っている!?　ドリアンの香りだなどと、ふざけたことをぬかしおって！」

その様子を見ていたシャールが、私の隣でぼそりと呟《つぶや》いた。

「……私も、ドリアンは苦手だ」

「あらそう？」

「だが、礼を言う。私たちを心配してくれたのだろう」

シャールはどこか吹っ切れた様子で微笑《ほほえ》んだ。

その間にも、魔法に包まれて体を光り輝かせる国王と司教。彼らは自分の身に何が起きているかわかっていないが、今日からはドリアンの素敵な香りに包まれて暮らすことになる。

「むっ……!?　余の体から、異臭が……」

ようやく魔法の効果に気づいた国王が、わたわたと慌て始める。

「ア、アヴァール、なんとかせい！　余の周りがドリアンくさいではないか……！」

国王は司教に無茶振りをした。

「陛下っ！　し、しかし」

アヴァールと呼ばれた司教は自らもパニックに陥っており、国王を助けるどころではなさそうだ。

テット王国で一番位の高い聖職者も形無しである。

「セルヴォー大聖堂は、司教補佐も司教も問題ありよねえ。もっとマトモな人材はいなかったのかしら」

魔法使いを弾圧し続けてきた手強《てごわ》いモーター教だけれど、年月を経るにつれ、人事に綻びが出てきたのかもしれない。現に目の前にいる司教は全身キンキラだし、お金の臭いしかしない類いの人間に見えた。今はドリアンの香りだけれど。

「それじゃあ、メルキュール家は今後、王家とモーター教からの依頼は受け付けないということで。あ、うちの家に何かしようとしても無駄よ？　痛い目を見るだけだから」

弟子対策で用意した結界やトラップだが、魔法を使えない国王や司教は、メルキュール家の敷地内に足を踏み入れることすらできないに違いない。

「シャール、帰りましょう」

私はドリアンの香りに眉を顰めるシャールの袖を引っ張り、転移魔法で我が家に戻ろうと動く。

すると、国王が私やシャールを逃がすまいと兵士を呼んだ。

「この無礼者共を捕らえよ！　不敬罪だ！」

すぐに部屋の至る所から、兵士が集まってくる。予《あらかじ》め隠して待機させていたようだ。

じとっとした目で、私は国王たちを見る。

（不敬罪って便利な言葉よね。権力さえあれば、くだらない理由でも、簡単に相手を罪人にしてし

まえるもの）

そもそも彼らは、メルキュール家に敬われるようなことを何一つしていなかった。

「あなた、兵士たちがシャールに返り討ちにされるのがオチだと考えないの？　こっちは無駄な犠牲を出したくないんだけど」

だが、たくさんの兵士を従えた国王は、強気な態度を見せる。

「そんな真似《まね》をしてみろ。すぐに聖人か聖騎士を呼んでやるからな！」

彼らは聖人たちの実力が、メルキュール家より上だと思っているのだ。だから脅しの材料として彼らの存在をちらつかせてくる。

「はあ、どうしようもない人ね……シャイニングドリアン」

兵士たちには気の毒だが、仕事はよく選んだ方がいい。

私はその場にいる全員と、建物全体に魔法をかけたあと、シャールと一緒に屋敷へ転移したのだった。建物や兵士たちはともかく、国王や司教の魔法は、ずっと解かないでおくつもりだ。

代々この国では、国王や司教には、その人となりを表すあだ名がつけられるという。

後世の歴史書に、国王はドリアン王、司教はドリアン司教と記される日が来るかもしれない。

王宮の謁見室から、メルキュール家の庭に、転移した私たちを、フエとバルが出迎える。

「シャール様、奥様、お帰りなさいませ。それで、国王はなんと？」

「どーせ、またよけいな仕事を押しつけてきたんでしょ？　あの人の発言って、いつも同じなんだよね」

シャールは少し考えてから双子に答える。

「仕事はなくなった」

「へっ？」

「どういう意味!?」

双子がそれぞれ、疑問の声を上げる。

「正確には、王家とモーター教からの依頼は、今後引き受けないことになった」

「つまり、こじれたんですね」

「とうとう断ったんだ。おめでとう、シャール様」

膨大な量の無茶な依頼が消えたのは、フエやバルにとっても喜ばしいことなので、二人とも率直に喜んでいる。

「ほかの貴族の仕事はとりあえず引き受けるつもりだが、今回の一件で風当たりがさらに強まるようであれば……」

そこからは私が話を引き継ぐ。

「皆で国外に、お引っ越ししましょう」

「はあっ!?」

私の発言を受けた双子が揃って目を丸くする。

「国外に引っ越し、しちゃっていいの？　というか、できちゃうの？」

「もちろんよ。転移魔法を使えば一瞬だし、屋敷と学舎も持って行きましょう。心配しないで、引っ越しは五百年前に経験があるから」

「……そうですか」

「たしかに、転移すればこっちのもんだよね」

二人は遠くを見つめ、それ以上、私に質問してこなかった。

※

王城を出てセルヴォー大聖堂に戻った司教アヴァールは大混乱に陥っていた。

「ドリアンの臭いが、取れん！」

あれから王宮の客室や風呂を借り、体の臭いを落としにかかったが、ドリアン臭は一向に収まらない。むしろ、時間が経《た》つにつれて強くなっていく。そもそも、今や城全体がドリアンくさい。

「くそぅ、このままでは部下たちに示しがつかない。明日からどのように生活すればいいんだ……んっ、そういえば？」

アヴァールはふと、以前いなくなった一人の部下、元司教補佐のセピューという人物を思い出した。

ある日を境にやたら臭くなり、一旦臭いは消えたものの、しばらくしてさらに臭くなって帰ってきたセピュー。毛むくじゃらで異臭を放つ物体が大聖堂に送られてきたときは、さすがのアヴァールもしばし言葉を失った。

（庇《かば》いきれず、臭いにも耐えきれず、厄介払いもかねて総本山へ追いやったが。もしや……）

最初にセピューが臭くなったのは、メルキュール家を訪問したあと。

次に毛むくじゃらになって戻ってきたのは、メルキュール伯爵夫人の誘拐騒ぎのあとだ。

（まさかとは思うが）

今までなんの害もないと気にも留めていなかった、男爵家出身の気弱な伯爵夫人。だが……。

（犯人はお前か――――！）

謁見室で見た彼女は、堂々と国王やアヴァールに噛みつき、あまつさえ異臭を発生させる恐ろしい魔法を使ってみせた。

そして、文句を言うだけ言って、その場で魔法を使い、一瞬にして消え失《う》せたのである。

セピューの件が伯爵夫人の仕業であったとしても、なんら不思議ではない。

王城のパーティーで気に入らない相手のカツラを飛ばし、令嬢たちにジュースをぶちまけたなどの噂《うわさ》まである。

「あやつめ。すっかり油断しておったが、メルキュール伯爵以上に恐ろしい魔法使いだったのか」

これは、早急に手を打たなければならない。

「急ぎ総本山に連絡しなければ。聖騎士たちの力をもって、あの恐ろしい魔力持ちを必ずや排除してくれる！」

復讐《ふくしゅう》の炎に身を焦がすアヴァールは、ドリアン臭の一件を知らせるべく、モーター教総本山に使者を送った。

※

レーヴル王国はからっとした爽やかな晴天だった。

どこまでも続く乾いた街を歩きながら、モーター教の総本山から来た青年――ランスは、憂鬱な気分で空を見上げる。

「……いない」

衝動のまま、クール大聖堂から転移してきたものの、ランスはまだ目的の人物を見つけられずに彷徨《さまよ》っていた。路地を通り抜ける風に吹かれ、白いローブがはたはたと揺れる。

(先生、どこにいるんですか。こんなに捜し回ってもあなたに会えないなんて、やっぱり私は未《いま》だ出来損ないの魔法使いなのでしょうか。せめて、大規模な魔法の気配でもあれば、あなたを見つけられるのに。あっ、そういえば聖人を捜さなきゃいけないんでした)

私情だけで動いていたため、枢機卿《すうききょう》の依頼をすっかり失念していた。

(自分が引き受けると宣言しておきながら、それを忘れるなんて。どうして私はこう、要領が悪いのでしょう。やはり、先生がいてくれないと、私はお使い一つできないいんだ)

がっくりと肩を落とすランスは、再びレーヴル王国内で探知魔法を使う。

（このくらいの距離であれば気配を探れるはず。聖人たちがレーヴルにいてくれたらの話ですが）

しばらくすると、王城の方向から、微《かす》かに聖人の魔力の気配がした。今にも消え入りそうな微量の魔力だ。

（おそらく、何者かによって封じられていますね。今の時代で、モーター教以外に魔力封じができる存在がいるなんて。もしかすると）

偶然だが、ランスは今、王城のすぐ近くに立っている。高鳴る胸の鼓動を感じた彼の頬は、膨み続ける期待から紅潮していた。

聖人と接触すれば、捜し求めていた相手の痕跡が見つかるかもしれない。

（先生、先生、先生、先生先生先生先生先生先生先生先生先生先生先生先生先生先生先生先生！　見つけたら、あなたに聞きたいことがいっぱいあるんだ）

王城へと続く、長い坂道を見上げると、同じような露店がずらりと軒を連ねている。

それを見たランスは、大きく目を見開いた。

（なっ、店に置かれているこれらの商品はっ……！）

そこには、完璧なクオリティーを伴ったアウローラグッズが所狭しと並べられていた。ランスの全身が歓喜で震える。

「信じられない、誰がこのような素晴らしいものを!?　こんなことなら、もっと早くレーヴル王国に来ればよかった」

かつてモーター教によって、大勢の魔法使いたちが排斥された時代。当然のように、実在する魔法使いの悪評が各地で広められた。

数々の功績を残したアウローラの悪い噂もまた、モーター教徒によりねつ造され、ばらまかれようとしていた。

けれど、教皇の地位にいたランスはそれを許さなかった。アウローラを貶《おとし》めようとした者たちを、権力と魔法により片っ端から断罪していった。

そして新たに、彼女を『伝説の魔女』という敬うべき存在として、世界各地に噂を広めたのだ。

だから現在、アウローラだけが唯一、尊敬に足る魔法使いとして各地で崇《あが》められている。

（それにしても、アウローラグッズですか。私も先生の持ち物を集めていましたっけ）

アウローラ亡きあと、壊れた家にうち捨てられた彼女の持ち物を拾い集め、ランスはそれらを自分の新たな住まいに運んだ。そうして、ずっと大事に保管してきた。

だが、数年前に調子に乗った部下の一人が、勝手にそれらを売りに出すというハプニングが起きた。「魔力持ちの遺品を金に換えて何が悪い！」と騒ぐその部下は始末して、ランスはアウローラの遺品を再び回収した。しかし、そのうちいくつかは誰かに買い取られてしまったらしく、未だ見つかっていない。ショックだった。

だから、目の前にある新たなアウローラグッズの存在は、いくらかランスの心の慰めになった。

（私が先生の偉業を広めたから、グッズもその効果で生まれたのでしょうか。五百年後の時代にしては精度が高すぎるような気もしますが。この絵なんて、まるで本人のような輝きです。いったい誰が監修を……）

探し人に会うことだけを考えていたが、それとは別で嫌な予感も首をもたげ始める。

(もしや、先生のほかに、あの人たちも転生しているのでは？　だとすると、こうしてはいられない！)

一通りの商品を買い占め、総本山の住処《すみか》へ魔法で転送したあと、ランスは大雑把に転移先の座標を決めると、慌てて城へ移動した。気配を消す魔法を自分にかけ、堂々と城の中へ入り込み、周囲の景色を確認しながら目的の場所へと進んでいく。

「ふぅん、ここが現在の王城かぁ。今どきの城って派手なんですねえ。原色だらけでけばけばしいったら……。この派手さ……見覚えがあるような？」

ランスの頭に、とある人物の顔が思い浮かぶ。

「まさか、ですよね？」

心を落ち着けながら歩を進め、青年は聖人の魔力の気配を辿り続けた。

※

ネアンはイライラした気分で虫かごの編み目の隙間を睨んでいた。

得体の知れない魔法使いたちによって、ここに閉じ込められてから数日が経過しているが、まだ出られる目処《めど》は立っていない。

いくら暴れても魔力は戻らないし、虫かごは壊れなかった。

その上、部屋には誰も来ない有様だ。

魔法の効果なのか、腹が減ったり喉が渇いたりすることはないが、なんとも不快である。

（あいつら、俺の魔力を封じたあげく、こんな場所に押し込みやがって）

モーター教における第二位の聖人であるネアンは、魔法の実力に絶対的な自信があった。本来なら、現代の魔法使いに負けるはずがないのだ。

（くそっ、あの者たちは全員異分子に違いない。早く総本山に知らせ、対策を立てなければモーター教の権威が地に落ちてしまう。レーヴル王国自体もなんとかしなければ、危険人物が王位を継承すると大変なことになる……いや、俺は任務に失敗したから、もう戻れないんだった）

悩みごとはたくさんあるのに、虫かごから出られないこのもどかしさ。無駄だとわかっていながらも、虫かごを壊そうとあがき続けている自分はなんとも滑稽だ。

一緒に閉じ込められた弟のカオと聖騎士のミュスクルは、隅っこで膝を抱え、何もかもを諦めた様子で小さくなっている。

（ちっ、役立たずめ。少しは頭を使ったらどうなんだ）

どこまでも足を引っ張る二人にイライラしていたネアンは、ふと覚えのある気配を感じて身構えた。魔力は封じられているものの、戦闘訓練などを受けている聖人は他人の気配に敏《さと》い。

（誰かがこちらへ近づいてくる）

やがて現れたのは、この場にいることが信じられない人物だった。

黒と白に分かれた特徴的な髪に銀色の瞳。真っ白なローブを着た、自分とそう年の変わらない外見の青年。

しかし、ネアンは彼が随分と年上で、自分とはまったく異なる存在だと知っている。

「教皇様……」

自分のために教皇自らが助けに来てくれた事実に、ネアンは感動した。震える声で名を呼ぶと、青年は特に感情の乗らない瞳で虫かごを見つめる。

「二位と十位。あと騎士」

ネアンは知らないが、青年こと教皇は、部下たちの名前をまったく記憶していなかった。名前どころか、顔を覚えているかも怪しい。今も魔力を辿って来たのだろう。

もともと彼は、興味のあること以外は右から左へ抜けていく性質なのである。

「そこのあなた。何がどうなっているのかわかりませんが、出して差し上げますので簡潔に説明してください。どうして聖人や聖騎士が虫かごにいるのです？」

言うと、教皇は虫かごを軽く破壊した。

中から転がり出たネアンたちの体は、徐々に元の大きさへ戻っていく。

「ああっ、教皇様、ここまで来てくださり感謝いたします！　まさかあなた様に助けていただけるなんて！」

初めて出会ったその日から、ネアンはずっと教皇に憧れを抱いている。興奮から、腕の震えが止まらない。

「そういうのはいいので。とっとと説明してくれます？　あなたをここへ閉じ込めたのは誰ですか？」

ハッとしたネアンは慌てて立ち上がり姿勢を正すと、自分の身に起きたことを切々と教皇に訴える。

「怪しげな魔法を使うレーヴル国の王子が、俺の魔力を封じてここへ閉じ込めたのです。危うくあの女のおもちゃにされるところでした」

「あの女とは？」

「王子は『師匠』と呼んでおりましたが、夫がいたので、おそらくどこかの貴族の夫人ではないかと。弟曰《いわ》く、恐ろしい魔法使いなのだとか」

話を聞いた教皇の銀色の目が大きく見開かれる。

「いた、この時代にいた。転生、してた……」

彼が驚きを露《あら》わにする理由がわからず、ネアンは訝《いぶか》しげに首をかしげた。

「教皇様？」

さっと部屋を見回した教皇は、近くにあったペンと紙を勝手に拝借し、何かの模様を描き始める。

複雑な円と線が交差する模様を見て、特殊な魔法陣の類いかと当たりをつけたネアンは、神妙な顔で紙をのぞき込み質問した。

「教皇様、その絵はなんなのでしょうか？」

「もちろん、似顔絵です。あなたが見たという女性は、このような人物でしたか？」

「へ……？」

ネアンは改めて、謎の模様に視線を落とす。

（魔法陣ではなく、人の顔だったのか。いやいやいやいや、無理だろ、解読不可能だろ！　まず女に、というか人間にすら見えないぞ）

謎の物体が描かれた紙を前に、なんと回答すればいいのかわからず、ネアンは狼狽《うろた》えた。

「この美しい女性に、あなたは会いましたか？」

（美しい!?　謎の模様が!?）

厳しすぎる試練にネアンはますます動揺する。

そのとき、横から救いの手が差し伸べられた。弟のカオだ。

「あの、教皇様。浅緑色の髪をした、変な魔法ばかり使う女でした。ゾンビリーパーもカニババットも全滅させて、ボクを弟子にするだなんてふざけたことを言って」

「……!!」

教皇が先ほどよりもさらに驚いている。

続いて、彼は今まで誰にも見せたことのないような、とろけるように柔らかな微笑みを浮かべた。

「ああっ、きっと先生に間違いありませんっ。だとすると、先輩は先生を独り占めしていたのでしょうか？　許せないなあ、嫌がらせしちゃおっかなぁ。でも、先生が無事に転生できていてよかった！」

聖人二人と聖騎士一人は、いつになく頬を紅潮させた教皇の姿を見て非常に困惑した。過去にもネアンは教皇に会ったことがあるが、彼は常に淡々としていて、何にも興味を持たない印象があったのだ。

だが現在の教皇は、ウキウキしながら帰る準備をしている。

「さて、そろそろ私は総本山に戻りましょう。やるべきことができましたから」

「教皇様!?　お待ちを、我々はどうすればいいのです!?」

ネアンは必死に教皇に訴える。聖人の第二位とはいえ、自分は任務に失敗した。

カオを始末するどころか、レーヴルの第二王子に捕らえられてしまったのだ。そのせいで教皇に足を運ばせる事態となった。総本山に戻ってもただでは済まない。

だが、他人に興味のない教皇の答えは素っ気なかった。

「知りません」

「えっ……!?」

ネアンだけではなく、カオやミュスクルも動揺を露わにして彼を眺めた。

「そういえば、失態を犯した人間は制裁を受けるんでしたっけ？　私は枢機卿ほどモーター教の規律に興味はありませんから、勝手にすればいいのでは？　それじゃ」

言うなり、教皇は振り返りもせずに魔法でどこかへ転移してしまった。本気でネアンたちのことなどどうでもいいらしい。

教皇の様子を見るに、ここへ来たのも別の目的があったからなのだろう。彼はネアンたちより、王子や魔法使いの女の話に興味を持っていた。

（くっそ……っ！）

何年も教皇に憧れ続けてきた。教皇のために聖人としての仕事に精を出してきた。ただ認められたかった。だが……。

教皇は悲しいほどにネアンなど眼中にないのだ。

ネアンは途方に暮れた。このまま帰れば処罰されるのがわかりきっているので、総本山へは戻れない。

（はぐれ魔法使いとして、細々と生きるのか？　この俺が？）

それは、今まで魔法使いたちを排斥してきたネアンにとって屈辱的なことだった。処分される側として逃げ惑う恐怖を、ネアンは初めて自覚する。

だがどうすればいいというのか。

ネアンは聖人としてモーター教の中で暮らす生き方しか知らない。カオやミュスクルも同じように考えたのか、顔色を悪くしている。

聖人と聖騎士を絶望が襲った。

※

大切な人の手がかりを探そうと、しばらくの間、教皇——ランスはひたすら人捜しを続けていた。

だが、なかなか目的の人物の手がかりは摑めない。

気づけば何日も経過してしまっており、さすがに不味《まず》いと思って総本山であるクール大聖堂に戻ったランスを出迎えたのは、不可解な報告に頭を悩ませる、部下のリュムル枢機卿だった。

しかも、彼は帰ってきたランスに気づいてすらいない。

（忙しそうですね）

四十歳手前の彼は以前、行方不明になった聖人について知らせに来た人物であり、枢機卿の中では一番年齢が若い。だから、たくさんの仕事を押しつけられている。

ランスは黙って彼の横を通り過ぎようとした。だが、枢機卿の呟いた一言がランスの興味を引いた。

「ドリアン臭を発生させる魔法？　そんなの聞いたことがないし、この報告はいたずらではないのか？　確認に行くのも手間だし無視するか……」

ランスは彼の後ろから、報告書らしき手紙をのぞき見る。それに気がついたリュムルが悲鳴を上げた。

「うわぁっ!?　きょ、教皇様!?　まったく音沙汰がないと思ったら、やっとお戻りになりましたか。あなたのことだから無事だと知っていましたが、私が上から怒られてしまったんですよ？　教皇様をお一人で外出させるなんて何事だって」

「どこで何しようが私の勝手だというのに。最近の枢機卿たちは随分増長しているようで。あまりひどいようでしたら消した方がいいでしょうか」

「なんて物騒な冗談を」

本気にしないリュムルをランスはせせら笑う。

（実際やった経験があるんだけど。最近も一件あったし。……ああ、表向きには事故ってことになっているんでしたっけ？）

そのことは教皇であるランスと、最年長の枢機卿の間でだけの秘密となっているのだ。だから、リュムルは真実を知らない。

「さて、冗談はさておき――ドリアンの魔法に関する報告書を私にください」

「それもまた冗談ですよね？」

「ふふっ、本気です」

どちらも。

「わかりました、どうぞ。もともと処分するつもりの報告書でしたので」

リュムルは恭しく、報告書をランスに手渡す。

「ところで、それをどうされるのです？」

冷めた様子でゆったり微笑むランスは、考えの読めない瞳でじっとリュムルを見た。

「あなたは知る必要のないことですよ」

「ひいっ！」

危険を感じて、ぷるぷる震えるリュムルを尻目に、教皇は報告書を読みながら大聖堂の中にある、年季の入った自室へ移動する。

何度か改修されたそこは、何百年と住み続けている教皇の巣だ。

「テット王国にて、国王と司教、数名の兵士たちからドリアン臭が発生。王国内の魔法使い、メルキュール伯爵夫人が犯人。聖騎士に極悪魔力持ちの討伐を依頼する。懐かしいな、異臭を発生させる魔法か。先生がよく悪人たちに使っていたっけ。当時の魔法の中に、ドリアンはなかったけど」

テット王国に行ってみたい。

「それにしても、『夫人』ってどういうこと?」

探し人と同一人物なのか、同じ魔法を扱う別人なのか判断がつかない。

「この報告書については、調査が必要ですね」

ランスの姿は秘されており、聖人や枢機卿以下にはほぼ知られていない。正体を明かして普通にテット王国へ乗り込めば、面倒な混乱を招くだろう。

(うーん、どうしましょう。ちょうど二位と十位、聖騎士の一人が欠番になりましたから、彼らの地位を使わせていただきましょうか。聖人の地位でも目立つかな……なら、私は聖騎士ということで)

ランスはすぐさま自分が装う聖騎士の設定を作り、テッド王国にあるセルヴォー大聖堂への転移を計画した。

※

物心がついたときから、ランスは外の世界を知らなかった。真っ白な天井と真っ白な壁、真っ白な床と透明なガラスに囲まれた狭い場所に閉じ込められていたからだ。

食事は定期的に与えられるし、白い服にも困らない、たまに来る話し相手もいる。簡単な学問も学べたし、退屈しないようにと、いくつかの本も置かれていた。

でも自由はない。その頃のランスは、自由の意味も知らなかったし、代わり映えのしない毎日に疑問も持てなかった。

ただランスのいる場所が「研究所」で、自分の魔法が珍しいから、定期的にデータを取られていることだけ理解できた。

なんの属性にも染まらない特殊な「無」の魔法。それは無属性と名付けられ、普通の魔法使いが魔法として放つことができない唯一の属性になった。

魔法使いが魔法アイテムを作る際、どの属性の魔法を用いても、アイテム自体は無属性になる。魔法アイテムから放たれる魔法は無属性だが、魔法使いが魔法を放っても無属性にはならない。

アイテムを介さずに無属性魔法を放つことのできるランスは、魔法使いたちの格好の研究対象になったのだ。

だがある日、ランスの世界は前触れもなく壊れてしまった。文字通り、研究所ごと、ぶっ壊れた。

白い天井や壁に巨大な穴が空き、透明なガラスが割れて散乱し、ランスを研究していた大勢の魔法使いが一斉に逃げていく。

外へなんて出た経験がないランスは、混乱極まる現場を見ても、どうしたらいいかわからなかった。ただその場で右往左往するしかできない。

無属性の魔法だって、人や物を僅かに動かすことができる程度で、ほとんど使えないし役に立たない。

やがて周りは静かになったが、ランスはまだ部屋から動けないでいた。

割れたガラスより先には、行ったことがない。データを取られるときはいつも、相手がこの部屋に来るからだ。単純に、未知の世界へ足を踏み出すのが怖かった。

だれもいなくなってしまったと途方に暮れていると、天井の穴から視線を感じた。

驚いて天井を見上げると、一人の女性がランスを見下ろしているのが目に入る。

(初めて見る人だ……)

彼女がここに来ている理由は知らないが、落ち着きなく好奇心が旺盛そうな雰囲気から、研究所に所属する魔法使いではないとわかった。

ランスをじっと眺めていた女性は、こちらが動かないのを見て穴から飛び下りてくる。初対面の人物との接触に、ランスは驚き固まった。

恐怖心から、無属性の魔法を彼女に放ってしまったが、女性は難なくそれを避けて着地し、ランスに近づいてくる。

「ここにいるってことは、あなたは研究所の実験台？　閉じ込められていたの？　なんで逃げないの？」

立て続けに質問されても、どう答えればよいのかわからない。

「逃げるって？　どこへ行けばいいのですか？」

なんとか発した答えは、今の素直な心境だった。

親も兄弟もいるのかいないのかさえ知らない。研究所にいる顔見知りの魔法使いたちも散り散りに逃げていなくなってしまった。

ランスは自分では何も決められない。

（どうするのが正解？）

縋《すが》るように女性を見ると、彼女はしばらく考えたあと、ランスに近づき、キュッと手を握ってきた。

「帰る場所がないなら、うちにくるといいわ。ちょっと手狭だけど、もう一人くらいなら大丈夫だから」

言うと、彼女は白く光る魔法を壁に放って大穴を開けた。

（光魔法だ）

いくつもの壁に連続して穴が空き、建物の外の様子が見える。

穴の向こうから、涼しく新鮮な風が吹き込んできた。

ランスは物心がついてから、初めての色のある景色を見る。

（わあ、すごい……じゃない。もしかしてこの人が建物を壊した犯人？　危険な人？）

おそるおそる女性の様子を窺うが、彼女は何も気にしていない様子だ。

「さあ、行くわよ」

そう言ってランスの手を取り、ぶち抜いた穴を通って、外に向かって歩きだす。ランスは誘導されるがまま進み、やがて研究所の外に出た。頬に当たる風が強くなる。

足下はふかふかの土だし、空は青い。

知識でしか知らなかった現実がそこにはあった。

「あなた、名前は？」

「……ランスと呼ばれています」

「そう、私はアウローラよ。じゃあランス。家に転移するわね」

破壊した建物をそのままにして、女性はランスと手を繋《つな》いだまま転移魔法を使う。

転移魔法についてもランスは知識だけ知っていた。

飛ばされた先は研究所よりも小さな建物だが、ランスの部屋よりは広い空間。

「ここが私の家。私と二人の弟子が住んでいるの。あなたも今日から私の弟子よ」

「『弟子』……とは？」

言葉の意味がわからず問いかけると、女性は少し悩んだ末に別の答えを口に出す。

「うーん、研究所育ちだと知らないのかしら。『生徒』って意味だけど、わかる？」

「『生徒』なら知っています。研究所で私に文字や一般常識を教えてくれた人が『先生』で、私は彼の『生徒』でした」

「そうそう、そんな感じ。私は先生として、あなたに魔法と生活の知恵を教えるわね」

「……？　はい」

ランスには女性――アウローラの言っている内容がいまいち理解できなかったが、生徒になれば、ここで生活していけるということはわかった。

壊れた研究所に戻されても、このまま放り出されても困るので、今は生徒になるのが最善だ。素直に頷いたランスは、その日のうちにアウローラの弟子になった。

だが、謎の魔法使いアウローラの弟子としての生活はなかなかにハードだった。魔法は難しいし、アウローラの作る料理は不味い。兄弟子たちも意地悪だ。

それでも、ランスはアウローラの傍《そば》に居座った。彼女の家で暮らすのは居心地がいいから。

研究所とは違い、ここは騒がしいけど温かい。

それに、アウローラはランスの才能を見いだしてくれた。彼女曰く、ランスの持つ無属性の魔法はアイテム作りと相性がいいらしい。

ただランスを閉じ込め、研究するだけだったあの場所とは異なり、ここではアウローラが弟子としてランスを導いてくれる。一人の人間としての自分の存在が認められている気がした。

彼女は若いのに様々なことを知っていて、魔法に関して言えば研究所にいた人々よりも詳しい。

(先生は研究所を壊した犯人だけど、件《くだん》の研究所は人々に有害な魔法の研究をしていたって先輩たちが話してた。だから、先生が破壊しに行ったと……)

ランスは兄弟子たちを先輩と呼んでいる。

先輩らしいことをしてもらった覚えはまったくないが、自分は三番弟子で一番下っ端だ。

（でもいつか、絶対に先輩たちより魔法を極めてやる）
とにもかくにも、ランスにとって楽しい日々が始まった。そして……。
こんな日がずっと続くと、あの頃は疑ってもいなかったのだ。

フレーシュは、苛立《いらだ》ちながらオングル帝国から帰還した。

結局あのあと兄弟子のエペと三日三晩喧嘩《けんか》に明け暮れ、ついには「時間の無駄だ」と告げた彼によって、レーヴル王国まで魔法で飛ばされてしまった。自分だって、その無駄な時間で魔法をぶっ放していたくせに。

城に戻ると、いつもと様子が少し違っている。

慌てて自分を迎えに来た部下たちに状況を聞くと、いくつか問題が発生していた。

一つ目、聖人と聖騎士が逃げたこと。

彼らのいた部屋には誰もいなくなっていた。

(留守中に外部の者が助け出したのか？　だけど、ある程度の魔法の実力と知識がないと、この籠は壊せない。となるとモーター教の聖人以上が動いた？　城の警備を強化しなくては)

魔力の残滓《ざんし》は綺麗《きれい》さっぱり消されている。意図的なものだろう。

相手はかなりの実力者みたいだ。

(はぁ～、兄弟子殿の問題だけでも頭が痛いのに。モーター教も面倒すぎる。やっぱり、総本山ごと破壊しようかな)

そして二つ目、自分の叔父に当たる王弟が、王位を手にするためにフレーシュに喧嘩をふっかけてきたということ。もともと王弟は魔法を極度に恐れており、大の魔法使い差別主義者なのである。

なので、今まで、彼とは極力顔を合わせずに来た。

（叔父さんは本気で僕に勝てると思っているのかな？　世の中には変な人が多くて困るよ）

フレーシュは城で大規模な魔法を使うのをできる限り控えてきた。

たまに感情が制御できず周りを凍らせてしまうこともあるが、それを知っているのは自分に近しい者たちだけ。叔父の前で魔法を使った経験はない。

だからだろうか。彼は強気な手段を取った。不必要に怖がらせないようにという配慮が裏目に出てしまったらしい。

（ああ、もうっ、これじゃあ、師匠のところにいけない！　今すぐ転移したいのに！）

まずは自分の問題を片付けるのが先だ。万が一にも、彼女に飛び火させるわけにはいかない。

対策を考えていると、その王弟がフレーシュのもとまでやってきたという知らせが入った。

「はあ、今のタイミングで来るなんて。ちょっと凍らせてくるか。脅せば大人しくなるよね？」

王弟のところへ向かおうと、嫌々歩を進める。

（もうこれ、僕が王様になった方がいいんじゃないかな。そうだ、魔法使いの国でも作ったら、師匠が引っ越してきてくれるかも）

そうと決まれば、早く処理してしまおう。

フレーシュは手に特大の魔力を宿し、すたすたと目的地へ向かった。

※

テット王国内にあるセルヴァォー大聖堂の司教アヴァールは、モーター神の像の前で、勝ち誇った笑みを浮かべた。

悪夢のような王城での大惨事から約半月後、総本山が一人の聖騎士を寄越《よこ》してくれたからだ。

「あっはっは、やったぞ！　聖騎士殿が来て、あの忌ま忌ましいドリアン臭の魔法を解いてくださった！　毎日の悪臭とはおさらばだ。これも日頃の清らかな行いの成果、モーター神様は常に正しき者の味方なのだ」

突然大聖堂に現れた聖騎士は今、部下に案内され客室へ向かっている。しばらく滞在するというので、比較的豪奢《ごうしゃ》な部屋を用意してやった。

顔を合わすなり、ドリアン臭の魔法を解除してくれた礼だ。

（しかし、聖騎士殿は変わり者だったな。ドリアン臭の魔法を見て喜んでいらした）

聖人や聖騎士には独特な性格のものも多いという。なにしろ、他人を使って実験したがるような連中だ。

アヴァールは気にしないことに決めた。

（さて、聖騎士殿も落ち着いた頃だろうか。改めて挨拶と、メルキュール家についての相談をしに行こう。くくく、増長したメルキュール家め、余裕の態度でいられるのも今のうちだ。モーター教

の聖騎士の恐ろしさを思い知るがいい）

勇み足のアヴァールは聖騎士のために用意した部屋を訪れると、慇懃《いんぎん》な態度で声をかける。

「聖騎士殿、アヴァールでございます。お部屋は気に入っていただけましたかな？」

芸術的な彫り物のされた木の扉を開き顔を出した聖騎士は、特に表情を変えずに告げた。

「うん」

本心が読めず、とっつきにくい相手だ。

（いや、性格は問題ではない。とにかく、彼を味方につければいいのだ）

アヴァールは気を取り直し、さっそく彼に本題について話す。

「すでにお聞き及びかとは思いますが、私が総本山から聖騎士殿に来ていただいたのには理由があるのです」

「ドリアン臭は消しましたので、メルキュール家とやらについてですね」

「はい！　あの極悪貴族どもは魔力持ちであることを鼻にかけ、私や国王陛下を脅す不届き者の集団なのです！　中でも伯爵夫人の本性は極悪につきる！」

「へえ……」

聖騎士が顔を上げ、まじまじとアヴァールを見つめる。物言いたげな視線だ。

「極悪ですかぁ」

「は、はい！　浅緑色の髪の恐ろしい魔女ですよ、あれは」

「緑……」

「今どき見ない、おかしな色です！　髪だけでなく、思考までおかしな女なのです！」

「そうですか」

不意ににこりと微笑《ほほえ》む聖騎士。

「あなたの処遇については後日、再審査をするとしましょう」

「再審査？」

魔力持ちをけなしたことで評価でもされたのだろうか。

アヴァールは今後の処遇に期待した。

「では、司教殿。お話にあったメルキュール家へ伺いたいと思いますので、使者を送ってください」

「あんなやつらのいる場所に、使者を送るなど不要ですよ。いきなり乗り込んでやればよいのです。総本山の体裁もあるのでしょうが」

「体裁……。ああ、そうでした。そういうことです」

聖騎士は笑みを深めた。内心を読ませない、だが反論を許さないという意思を感じる。

「むむ、それでは」

アヴァールがそう言いかけたとき、彼のすぐ傍《そば》に新たな人物が魔法で転移してきた。

（うおっ、びっくりした！）

驚いてのけぞるアヴァール。

敬うべき聖人や聖騎士であっても、突然の転移魔法は心臓に悪い。

その人物はアヴァールに一礼すると、聖騎士の方を向き、どこか怯《おび》えたような、そして困ったような顔になった。

（よく見ると、着ている服が……枢機卿《すうききょう》の）

上層部の者たちは皆、奇妙な魔法を使う。

彼はアヴァールを気にかけず、聖騎士に対して苦言を呈し始めた。

「教皇様、黙っていなくなるのはやめてください。心臓が止まるかと思いましたよ」

「ちゃんと痕跡を残して、追ってこられるようにしていたでしょう？」

「それでもです。私にあなたを止める権限はありませんが、せめてご一緒させてください。心配なんです」

アヴァールは耳を疑った。

「……教皇……様……!?」

すると、聖騎士の笑顔が一瞬にして無表情に変わる。

「あーあ、あなたのせいで、速攻で正体がバレてしまいました。大ごとにしたくなかったのに」

アヴァールは聖騎士――教皇から、どこか人間離れした恐ろしい気配を感じ始める。

しかし、枢機卿は教皇を恐れる態度を見せつつも、口を閉ざさない。

「大事になるのが嫌でしたら、今後は勝手に転移しないでください」

「私に命令する気？」

教皇から冷たい気配が立ち上るのを感じ、アヴァールは震えた。枢機卿の顔も青い。

「命令ではありません、お願いしているんです。急にどうしたんですか、今までこのようなことはなかったのに」

枢機卿のリュムルは必死の形相で教皇に訴えるが、教皇は無表情のままリュムルを見返した。

（なんだ？　常識や冗談が通じなそうな、この若造は。やばさしか感じない）

アヴァールは気配を潜め、二人の会話に耳を澄ませる。

「気が変わったんです。私はこの国の、メルキュール伯爵夫人に会ってみたい」

「他国の伯爵夫人？　教皇との接点はないですよね？」

「あのドリアン臭の報告書は本物で、それを使用したのがメルキュール伯爵夫人です。で、興味が湧きました」

二人が会話を進める間に、アヴァールは頭の中で教皇に取り入る算段も立て始める。彼らに恩を売りつつ、自分に有利な状況を作り上げるのだ。

出世、出世、金、金、金!!

頃合いを見計らい、アヴァールは再び声を上げた。

「そ、そうでありましたか！　き、教皇様！　それでしたら、このアヴァールめにお任せを！　教皇様にわざわざ伯爵家まで足を運ばせるなど言語道断！　向こうを呼び出してやりましょう！　なに教皇様が絡めば、あいつらも断ることなどできません！」

教皇とリュムルはチラリとアヴァールを見る。

「せっかく教皇様がテット王国にいらしたのです。王城にて、教皇様の歓迎会を盛大に行い、そこにやつらを招けばいいのです」

リュムルが怪訝《けげん》な顔になったので、アヴァールは慌ててたたみかけた。

「歓迎会を開くのには、ほかにも理由があります。王城には様々な貴族が訪れますが、彼らは教皇様のお姿を知りません。知りたいと願っているはず。あなたの偉大さをその場で知らしめる絶好の機会なのです。もちろん、無礼なメルキュール家の者たちにも」

教皇は興味なさげにそっぽを向く。

「舞台を整えてくれるってことですよね？　メルキュール伯爵夫人に会えるのなら、なんでもいいですが、あまり私を待たせないでくださると嬉《うれ》しいです」

枢機卿は不満そうだが、アヴァールにこの計画を中止するつもりはなかった。

「と、取り急ぎ、準備いたします!!」

その日、アヴァールはテット王国全土に向けて、教皇の来訪と彼を歓迎するための宴《うたげ》について告知した。

※

メルキュール家にまた、国からの手紙が届いた。

執務室にて、フエとバルから受け取ったそれを怪訝な顔のシャールが開く。私はソファーに腰掛けて、そんな彼の様子を眺めていた。

前回の手紙と異なるのは、国王とセルヴァー大聖堂の司教アヴァール、二人のサインがあるところだ。

「教皇の歓迎会があると書かれているな」

シャールのつぶやきに興味を引かれた私は、苺《いちご》柄の机で手紙を読む彼の後ろへ移動し、手紙に書かれた内容をのぞき込む。

特に止められなかったので、見ても大丈夫なのだろう。

「以前城で開かれたパーティーもそうだが、『歓迎会に貴族は強制参加』だと記されている。しかも準備期間もクソもない早すぎる開催日時だ。モーター教関連の催しに我が家を招待するとは、何か企《たくら》んでいるとしか思えない」

「そうねえ。国王やモーター教の司教とは王宮で喧嘩してきたのに」

改めて開催日程を確認すると、十日後と書かれている。本当に急な開催だ。

「それにしても、教皇って本当に存在したのね。第二位の聖人がそれっぽいことを言っていたけど」

「我々には、特に教皇を歓迎する理由はないな。準備が面倒だ」

イライラするシャールの気持ちに概《おおむ》ね同意する。

「そうね。でも、参加すればこれまでの無礼は不問、今後は好待遇を約束するって書かれてあるわ。お得な話すぎて怪しいけど」

「うさんくさすぎるだろ。ここは欠席するべきか……」

今までメルキュール家は、王宮でろくな扱いを受けてこなかった。シャールは一応敬意を払われているが、それも魔法使いの力を得られるという打算に基づいたもの。

ほとんどの者は、本心では魔力持ちを見下し、恐れている。

「教皇がどんな人物か知れるなら、出る価値はあるんじゃない？　最悪な催しだったら国外に引っ越す話を進めましょう。もう一度この国の国王や貴族、モーター教関係者を見極める機会よ」

「何度見ても無駄だと思うが」

前回国王に呼ばれた際は不愉快な目に遭った。あのあと、彼らが行動を改めるならよし。引き受けないことにしていた依頼も、内容次第では助けてあげてもいい。

救いようがないままなのなら、今後はテット王国での依頼を受けず、もう少し過ごしやすい場所に移動するのもありだ。

「二人が反省して謝罪したいと思っている可能性も」

「ないだろ」

少し離れた場所で様子を見ていた双子もシャールに同意する。

「シャール様に同じ」

「私もです。でも、教皇の顔には興味あります、一度拝んでみたいですよねえ。あ、従者は二人まで同行できるみたいですよ」

「え、本当？　じゃ、僕も従者枠で行きたい」

双子は好奇心が強い。

「教皇が反撃してこないとも限らない。実力も不明だから、参加するなら警戒しなければな」

「任せてちょうだい！　私は体が弱いから自分の魔力を使わず、シャールの魔力を吸い取って、魔法使い放題の方式を使おうと思うの」

「それで構わない。私は何をすればいいんだ？」

「魔法を使うときのように、体内の魔力を循環させてみて」

シャールは素直に私の指示を実行し始める。

「あなたの体に、私が魔力吸収の闇魔法を設置するのだけれど。これは一時的なもので、あとで解除することができるわ」

「しなくていい。どうせまた使う必要が出てくるだろう」

「ずっと私の闇魔法がくっついたままだけれど……」

「構わんと言っている」

シャールは素気ない口調で言い切った。

「それじゃ、腕を出してくれる？」

私は魔力循環中のシャールの腕を取り、その一部に魔力吸収の闇魔法を付与する。

「今、あなたの腕に魔力吸収の闇魔法による紋様が刻まれたわ。それがあるうちは、私がいつでもあなたの魔力を使うことができるの。離れていてもね」

腕をまくったシャールはまじまじと刻まれた紋様を確認した。

彼の腕には、くっきりと濃紺色の花のような模様が刻まれている。

一度魔法をかけてしまえば、相手から解除されない限り、いつでも魔力を吸い放題。

魔力吸収は、ある意味恐ろしい魔法なのである。

そして、この魔法は、かつてエペが転生魔法を使う際、フレーシュに対して用いたものと同じだ。

私は皆に魔法の効果を確認してもらうため、シャールの魔力を使って窓の外に巨大な火花を打ち上げた。キラキラした無数の火花が天高く上がって爆発する。

「おー、初めて見たけど綺麗だねえ。あれくらいの爆発なら轟音《ごうおん》がとどろきそうだけれど、音は魔法で抑えてあるんだ？」

「夜に見たらもっと綺麗でしょうねえ」

双子が褒めてくれたが、シャールはうろんな視線を向けてくる。

「ラム、魔法の無駄打ちをするな。私の魔力を使ったとして、体に負担がまったくかからないわけではないだろう」

「それは、そうね」

多少の無駄打ちくらいなら問題ないが、いざというときのため、体力は残しておくに越したことはない。

「お前の魔力の問題はなんとかなったが、この歓迎会とやらには不安な点がもう一つある。ダンスが予定されているということだ」

「……!?」

全員が揃《そろ》って私へ視線を向ける。ちょっと踊っただけで倒れそうなほど、ひ弱に見えるのだろうか。否定はできないが……。

「奥様。体力面の心配はさることながら、ダンスのご経験もありませんでしたよね？」

不安そうに言うフエに、私はにっこり微笑んで声をかけた。

「大丈夫、五百年前は踊れたわ」

私はその場でかつて覚えたダンスのステップを軽く踏んでみる。すると、バルが面白そうに目を瞬かせた。

「あー、古典舞踊だ。僕、生で初めて見たよ」

「俺も初めて目にしました。歴史の本に載っていそうなダンスですねえ」

双子の反応は微妙である。

（……古典、歴史。ひどい言い様ね）

私が知っているダンスは過去の遺物で、現代では踊られていないみたいだ。

（困ったわ。今どきのダンスがわからない）

これまでは運良く踊らずに来られたが、伯爵夫人である以上、今回のダンスは避けられない気がする。

「ラムの体が弱いことは周知の事実。ダンスに参加しなくても問題ないとは思うが心配だ」

シャールの言葉はもっともだけれど、私はダンスに少し興味がある。

踊れないままなのは少し悔しいし、体力が許すなら現在流行《はや》っているダンスを踊ってみたい。

「私、これを機に最新のダンスを覚えてみようかしら」

「は……!?　いきなり何を言い出すんだ？」

「シャール、私にダンスを教えてちょうだい」

「………」

迷ったような視線をシャールは双子に送る。二人は揃ってそれに反応した。

私にはわからないが彼らの間で何かがやりとりされている。

「ええっ、僕は奥様にダンスを教えるなんて無理だからね。男性パートしか踊れないし」

「バルに同じく。そういえば、シャール様も似たようなものでしたよね」

彼らの会話を聞き、私はこの家の問題に気がつく。

「そっか、メルキュール家には、女性にダンスを教えられる人材がいないのね」

それはどうしようもない。今からでは教師を手配するのも大変だろう。

急ぎでなくとも、メルキュール家に教師と名のつく職業の人たちを、いや、魔力持ちではない人々を呼ぶのは手間がかかるのだ。なぜなら、誰も来たがらないから！

「ダンスはまたの機会にするわ。代わりに、衣装の準備でもしようかしら。こういう機会もあろうかと思って、ドレスを少し買い足したのよね」

すると、私の言葉を聞いたシャールたちが、ガタガタッと一斉に反応する。

「げっ、奥様」

「新作の衣装があるんですか？」

「お前、また勝手に買ったな！　衣装を選ぶときは私かカノンを通せと伝えただろう」

伯爵夫人として使えるお金のほか、私は子供たちに魔法を教える対価としての報酬を受け取っている。そのお金を使い、自分好みの可愛《かわい》い衣装を集めているだけなので、今回はシャールにあれこれ言われる筋合いはない。

「今度のドレスには、自信があるの」

「悪いことは言わない。私が贈ったドレスにしておけ」

するとと、双子も彼に追随する。

「そうだよ、奥様。あんまりな柄を着ていったら、教皇がひっくり返るかもよ」

「それはそれで、おもしろいかもしれませんが」

私は「むぅ」と唸《うな》り、不満を露《あら》わにする。

「完熟バナナ柄は、あんまりな柄ではないわ」

「出た、今回はバナナかぁ。奥様、最近は果物シリーズで攻めてくるね」

「今日の足の生えたレモン柄も印象的ですが」

「却下だ、却下！　無地にしろ」

私のドレスについては、それからしばらく屋敷内で熱い議論が交わされることとなった。

そうして十日後。とうとう教皇の歓迎会の日がきてしまった。参加するメンバーは、いそいそと支度を済ませて屋敷の外に出る。

夜風は涼しく、明るい月の光が、メルキュール家の庭を照らしていた。

ドレスは結局、シャールの選んだものに決まった。体に沿ったラインの、濃い赤色が印象的な大人っぽいドレスだ。この赤はシャールの瞳の色にも似ている。

「たしかに素敵ではあるわ。でもね、私の完熟バナナ柄ドレスもよかったと思うの！　裏地には遥《はる》か南の地にいる猛毒トカゲが」

「完熟バナナはよせ、黄色い背景に浮かび上がる黒い染みが悪目立ちしすぎる。それに、今日のドレスはお前によく似合っていて綺麗だ」

「えっ？　そそそ、そうかしら？」

驚いて調子を乱されている間に、彼に手を取られた。

「ああ、断言していい。きっと歓迎会で一番目を惹《ひ》く」

普段はぶっきらぼうなくせに、たまにこういうドキリとするようなことを平気で言う。

こういうとき、彼の整った顔はずるい。

（そこまで言うなら、完熟バナナ柄は諦めようかしら）

シャールの艶めく微笑みに翻弄されながら、私は危うい足取りで王宮行きの馬車に乗る。

教皇の歓迎会は夜に行われるため、子供たちは留守番だ。学舎を卒業した子もいるけれど、夜会に放り込むにはまだ心配な年齢である。

（シャールが急に褒めてくるからびっくりしちゃった。また、心臓がドキドキしているし）

今日のシャールは、夜会服に私のドレスと同じ色の小物を身につけている。

（なんでも着こなせるのよね。令嬢たちが騒ぐだけあって、たしかに見た目は綺麗だし、最近は性格も……って私は何を考えているの）

向かい合って座る馬車の中、突如羞恥に襲われた私は、正面を見づらい感覚に襲われた。

（以前のなんとも言えない気持ちを思い出してしまうわ。しばらく忘れていられたんだけど）

シャールはじっと私の方を見ている。

「ラム？　どうかしたか？」

「なんでもないわ、気にしないでちょうだい」

慌てて彼から目をそらして窓を開ける。

「ものすごい百面相だった」

人の気も知らないで失礼な男だ。

夜の涼しい風を頬に受けながら、私は夜の闇の中に浮かび上がる、ライトアップされた王城を遠目に眺めた。

今日の歓迎会のため、魔石により発光する魔法アイテムを置いて光らせているのだろう。

魔石なら半永久的に使うことができるので、魔力切れの心配はない。

こういったアイテムは希少で、現代では王城や大聖堂くらいでしか見かけない。魔法使いが普通にアイテムを作製していた時代のもの……すなわち過去の遺物なので。

（どのアイテムもかなり年季が入っているから、そのうち壊れてしまうかもしれないわね）

現代には、当時のアイテムを修理できる魔法使いはいない。直せるとすれば、私やエペくらいだろうか。

フレーシュは細かい作業には向いていないので任せない方がいい。

今のメルキュール家では、私によって改善された魔法アイテムが多数使われている。

だが、外部に情報を出してはおらず、誰もそのことを知らないのだ。

皆が「モーター教あたりが騒いでうるさいだろうから、門外不出にしよう」と言うので、これまではメルキュール伯爵家の中でだけ使用してきたのである。

国王や司教の態度を見た感じ、実際彼らの言う通りだったと感じている。外部に情報を出さなくてよかった。

私はもう一度窓の外の景色を観察する。

「現世では、街全体が暗いわね」

やや感傷的になってぽつりと呟《つぶや》くと、シャールが私の声を拾う。

「五百年前は？」

「もっと明るかったわ。それがいいことか悪いことかはわからないけど、周りを照らす魔法アイテムがいっぱいあったの」

「興味深い。その時代に生きたかったものだ」

たしかに、五百年前にシャールがいたなら、数々の功績を残した偉大な魔法使いになっていたのではないだろうか。

現代の魔力持ちたちは不憫《ふびん》だ。

どんなに才能を秘めていても、それを開花させる術《すべ》もないのだから。

便利に消費され、ただ疲弊して、そのうち潰れていく。

「私たちで、この時代を、魔法使いがのびのび生きられるように変えていきましょう」

シャールは少し間を置いて頷《うなず》いた。

「……そうだな」

人々の価値観をメルキュール家だけで変えていくのは難しい。今は世界全体が、魔力持ちたちに冷たいから。

(それでも、今世の私にできることで、虐げられた魔法使いを救えるなら)

弟子たちの手によって、私が転生した意味があるはずだ。

(そうよ、変えるの)

過去の私は結局変えられなかった。

(あの日、皆を救えていたなら、現在がこんな状況になっているわけない。今度こそ……あら？

『救えていたなら』？　『あの日』？)

脈絡なく頭をよぎった言葉が私を混乱させる。

(今の魔法使いたちの状況と、五百年前の過去には因果関係があるの？　前に見た夢以来だけど、最近、やっぱり少しずつ記憶が戻ってきているような)

だが、深く考えようとすると頭の中で思考が霧散してしまう。もどかしくて仕方がない。

様子のおかしい私に気づき、シャールが体調の心配をし始めた。

「また具合が悪いのか？」

「いいえ、体調は大丈夫。でも……。なんでもないわ」

自分自身でも、なんなのかよくわかっていない内容を、シャールに話したところで、彼を困惑させてしまうだけだと思う。

「途中で止められたら気になるだろう」

「何か思い出せそうな気がしただけよ。結局思い出せなかったけど」

ふと窓の外から室内に視線を移すと、間近に身を乗り出したシャールがいた。手袋を着けた彼の右手が私の肩に触れる。

「……っ！」

声にならない悲鳴を上げ、私はそれ以上近づくことも遠ざかることもできず、振り向いたままの姿勢でシャールを見つめ続けた。

馬車の中が若干暗いので、細かな様子まではわからないが、シャールもまた、自分が取った行動に対して戸惑っているふうに見えた。

「なんで、あなたがそんな顔をするのよ。私の方が大混乱なのに」

思わず漏れた言葉に、彼は少し悩んでから答えた。

「お前の様子を間近で見ていたら、なぜか体が勝手に動いた」

「意味がわからないわ」

自身の心臓の鼓動がまた速くなっていくのを感じ、私はごくりとつばを飲み込んだ。

オーバーラップ文庫＆ノベルス NEWS
文庫
注目作
「とりあえず、最強目指すか」
――その転生者は異世界に衝撃をもたらす
迷宮狂走曲１
～エロゲ世界なのにエロそっちのけで
ひたすら最強を目指すモブ転生者～
著：宮迫宗一郎　イラスト：灯
ノベルス
注目作
未来からの
手紙で
人生逆転!?
豚貴族は未来を切り開くようです１
～二十年後の自分からの手紙で完全に人生が詰むと知ったので、
必死にあがいてみようと思います～
著：しんこせい　イラスト：riritto
2306 B/N

馬車の中に沈黙が落ちる。

（落ち着くのよ、私ばかりがシャールを意識するなんておかしいわ。シャールに深い考えなんてないんだから気に留めなくて大丈夫）

そうしているうちに馬車は城へ向かって進み続け、予定時刻よりも早く到着した。

転移魔法でギリギリに行けばいい話だが、魔法に慣れない人々の前に突然私たちが現れたら、城内で大パニックが起こってしまう。

だから周囲に配慮し、今日は馬車に乗ることにしたのだ。

薄闇の中、シャールの手を借りて馬車から降りた私は、ぼんやり照らされた城を見る。

まだ歓迎会は始まっていないし、人もまばらだが、建物から楽団の音楽が聞こえてきた。ゆったりとしたリズムの、ダンス曲だ。

「予定よりも早く着いちゃったわねえ」

まだ人もまばらだし、受付も行われていない。私とシャールは並んで王宮の庭を散歩することにした。ライトアップされたおかげで、周りがよく見える。

私はキョロキョロとあたりを見回す。ほかの貴族との接触はなるべく避けたい。絡まれると面倒だからだ。

「心配しなくとも、ここには滅多に人は来ない。私は人を避けたいときはいつもここへ来ている」

たしかに、今いるのは、開かれた王城の庭の隅なので誰もいない。

シャールの言葉もあって、私はしばらくここで待機することにした。歓迎会が始まってから受付まで移動すればいい。

（せっかくだし、曲に合わせて、久しぶりに踊ってみたかったけど……）

さすがにそんな真似《まね》はできないだろうと考えていると、隣にいたシャールがふと口を開いた。

「この際だ、お前の古典ダンスに付き合ってやる。体調を崩さない程度に」

まるで私の心を読んだようにシャールが告げる。すごいタイミングだ。古典だと言われるのは、ちょっと複雑だけれど。

「こんな庭の外れには誰も来ないから、自由に踊れるぞ」

たしかに、この場には私とシャールの二人しかいない。

同時に別の馬車で到着した双子は城内を散策中だ。あの二人なら、何かあっても自分たちでなんとかできるので、好きに動いてもらっている。

「古典ダンスは、現代っ子のあなたには難しいでしょう？」

言うと、シャールは無言で私の前に立ち、挑戦的な笑みを浮かべた。

「適当に合わせてやる」

「そ、そう？」

肯定的な返事がくるとは思っていなかったので、調子が狂ってしまう。私は自分の中の動揺を誤魔化した。

「私のスピードについてこられるかしら？」

「お前の体に不調が出るくらい激しいのはなしだ。だいたい、今の曲でどうやって速く踊るんだ？」

流れているのは、ゆるやかなワルツだ。

「……」

シャールに指摘された私は、無言で彼に手を差し出す。合わせると言ったからには付き合ってもらうつもりだ。

「いくわよ、シャール」

人工的な光が落ちる庭園の陰で私とシャールは音楽に合わせてゆったり足を動かし始める。

シャールは器用に私の動きを見ながらステップを踏み始めた。

（なるほど、シャールは運動神経がいいから）

私は少しだけ、ダンスの難易度を上げる。

現在ではともかく、過去の私はそれなりにダンスができたのだ。王宮に招かれたときは、弟子に付き合ってもらい、夜会にも参加した。ダンスの相手を務めたいと弟子たちが喧嘩を始めるため、毎回全員と踊る必要があったが……。

難易度を上げても、シャールは軽くついてきている。

楽団の曲が変わり、速めのリズムになった。私もステップの速度を上げて、複雑な動きを加える。

「ラム、あまり激しい動きは」

「ふふふ、まだまだ余裕よ。シャールこそ、ついてくるのが難しくなってきたんじゃやな……っ!?」

不意に踵《かかと》に固いものが当たり、体が前に倒れる。細いヒールで小石を踏んでしまったようだ。

「わわっ、きゃあっ！」

「ラム!?」

シャールに支えられて転倒を免れたが、思い切りむぎゅっと彼の胸に抱きついてしまっていた。慌てて離れる。

「ごめんなさい」

「……ああ」

口数の少ないシャールだけれど、彼の心臓は私と同じように早鐘を打っている。

「シャール、ドキドキしてる」

考えていた内容が口をついて出た私を見下ろし、シャールは最初キョトンとした表情を浮かべた。続いて、おそるおそる心臓に当てた自分の手を確認し、やがて、「そうだな」と満足そうな顔で微笑んだ。

「ラムの言うとおりだ」

彼は正面から私を抱きかかえると、そのまま腕に力を込める。そんなことをされては、身動きが取れないのだけれど……。

「あの、そろそろ歓迎会の受付が始まる頃だから放してくれる?」

遠慮がちに頼むと、彼の腕がゆっくり背から離れる。なんだか妙な空気になってしまった。

「城へ移動したほうがいいな」

「ええ、転移ができないのは面倒ねえ。あっ、浮遊ならバレないんじゃないかしら！」

「まだ体調が不安定なんだ。今日は魔法を使うのはやめておけ。やるというなら、私の魔力を使うようにしろ」

「そこまでじゃないけど……。このハイヒール、歩くと疲れるのよ」

まったく受け付けなくはないが、好んで履きたいものでもない。

「そういうものなのか」

シャールはじっとハイヒールを見たあと、なんてことないような顔で突然私を抱き上げる。突然の浮遊感に驚いた私は、慌ててシャールの首にしがみついた。

「なら会場までは、これで向かおう」

「まだ歩けるから、ここまでしなくても大丈夫よ!? ほら、入口はあの向こうに見えているし」

「暗いしまた転ぶと危ない」

先ほど転んだのは事実なので、私は押し黙り、そのまま城の中まで運ばれていった。

きらびやかな会場の隅でようやく下ろされ、私はほっと息をつく。

(あら？　前に建物全体にかけた、ドリアン臭の魔法が消えているわ。モーター教の誰かが解いたのかしら)

特にすることもないため、シャールと一緒に並んで壁際に立っていた。目立つと面倒な人たちに絡まれるかもしれないので、静かかつマイペースに軽食をつまんだり、ドリンクを飲んだりする。

(あ、あれは)

私はめざとく自分の好物を見つけて手に取った。そうして、キラキラときらめく黄金色の液体を一息に飲み干す。独特な香りとクリーミーなのどごしがたまらない。

「くぅーっ！　やっぱり王宮のドリアンジュースは別格ね」

「お前、また変なものを飲んでいるのか。臭うぞ」

「あら、美味《おい》しいのに」

せっかくなので、シャールにも一口勧めると、彼は慌てて私から距離を取る。

「よせ、グラスを近づけるな。私はこれでいい」

彼はドリアンの香りが苦手なようだ。

シャールは嫌そうな顔をして、手近にあった赤ワインを取って飲み干した。ジュースの素晴らしさを知って欲しかったのに残念だ。

「国王やモーター教の関係者は、あとで出てくるの？」

私は未《いま》だ変化のない会場を観察する。

「そうだろうな」

ちらちらとこちらを見てくる貴族はいるが、特に声はかけられない。

（メルキュール家に絡んではいけないと、学習した人たちもいるのね）

最近はメルキュール家が各方面で活躍、もとい私が意地悪してきた貴族にお仕置きしているため、水面下で噂《うわさ》が出回っているのかもしれない。

私はシャールの隣で国王たちの登場を待ちつつ、ドリアンジュースをおかわりした。

「そろそろか」

シャールが視線を会場の中央にある階段へと向ける。

通常、国王はファンファーレとともに階段の上から登場するのだ。城のパーティーに二度参加しているのでそこは覚えた。

すると、ちょうどタイミングよく楽団が演奏を始め、同時に四人の人物が段上に姿を現す。

国王、セルヴォー大聖堂の司教、そしてあと二人。

影になっていてわかりにくいが、若い青年と中年男性のようだ。どちらも豪奢な服に身を包んでいて、帽子を目深に被《かぶ》っている。

「二人のうちの、どちらかが教皇なのね」

彼らはゆっくりと階段を下りてきた。

「服装から判断すると、若い男の方だな。もう片方は枢機卿あたりじゃないか？　どちらにせよ、この小さな国に来るには大物すぎる」

「教皇の年齢は、私やシャールと変わらないように見えるわ。本物かしら？」

シャールに質問するが、彼もわからないといった様子で首を横に振る。

「いずれにせよ、テット王国はモーター教に目をつけられたらしい。メルキュール家が関係しているかもな」

教皇たちは全員の温かい拍手に迎えられる。

「彼らがどんな動きを見せるか、ここで様子を見守っていましょう」

私は三杯目のドリアンジュースを手に取った。

会場の中央へ歩み出た国王が、恭しく教皇たちを紹介する。

「皆、本日はよく集まってくれた。ここにおわす方々こそ、モーター教総本山を代表する存在。リュムル猊下《げいか》、そして教皇聖下であらせられる！」

国王の言葉に、会場がどっと沸いた。

教皇はゆっくりと周囲を見回す。まるで、何かを探しているかのように。

（あら？　教皇になんとなく見覚えがあるような……？　そんなこと、ないわよね。別の国から来た人だし）

すると、そこでセルヴォー大聖堂の司教が国王の前に歩み出てきた。テット王国よりも、セルヴォー大聖堂が強いという現状を物語っている光景だ。

「そんなモーター教徒にとって素晴らしき日に、この聖なる会場に相応《ふさわ》しくない不届き者がいる！」

司教の言葉と共に、城内の雲行きが一気に怪しくなった。

そもそも、ここにいるのは、招待された客ばかりだというのに、何を言っているのだか。

（でも、司教にとって、もっとも不届き者に近いのって。メルキュール家なんじゃ……）

同じことを思ったのか、シャールも注意深く司教の動きを見ている。

「教皇様、お聞きください！　客の中に、極悪な魔法使いが潜んでいるのです!!　あやつはこの国の王やモーター教を敬わず、恐ろしい悪臭の呪いを振りまき、人々を苦しめている!!」

ああ、これは間違いなく私のことだ。

国王は司教の後ろで「うんうん」と大きく首を縦に振り、頷いている。

（あんたもグルってわけね）

彼らは何も反省していないどころか、モーター教総本山に泣きつき、今この場でメルキュール家を断罪しようとしているらしい。

(でも、現代の魔法使いでアレを解除できる人なんている?)

私はいつでもドリアン臭の魔法をかけ直せるよう身構えた。

「出てこい、悪徳魔法使いめ! 貴様にモーター神様の鉄槌《てっつい》を下してやる!」

教皇や枢機卿がいるからか、司教はいつにも増して偉そうだ。

以前はドリアン臭にまみれてパニックになっていたのに。

「いるんだろう、メルキュール伯爵夫人!!」

ついに、名指しで呼ばれてしまった。

(そこまでお望みなら、出て行ってやろうじゃない)

皆の注目が集まる中、私は歓迎会の会場である大広間の中央に向かって歩きだす。

「ラム、やめろ」

後ろからシャールが私に声をかけた。

「心配ないわ、シャール。期待には応えてあげなきゃ」

人混みをかき分ける私のあとを、シャールもついてくる。離れた場所で「奥様!?」と双子の声が上がったのが聞こえた。

(あ、そっちにいたのね)

私はそのまま司教の正面へ歩み出る。

「来たな、極悪魔法使いめ！　調子に乗ってのこのこ出てきおって、馬鹿な女だ」

司教は勝ち誇った顔で私を指さした。

「今日は教皇様にお前を断罪していただく！　教皇様、この者こそモーター教の教えに背く異端者です！　モーター神の裁きをお願いします！」

帽子を被っているため顔は見えないが、教皇がゆっくりこちらへ近づいてきた。

「この女はモーター教徒全ての敵だ！　恐ろしい魔法で貴族たちを脅かし、私や国王に呪いをかけ、慈悲として与えてやった魔力持ちとしての役割も放棄しようとしている！　恩を仇《あだ》で返す、腐った根性の持ち主なのだ！」

黙っていれば、司教はめちゃくちゃな言いがかりをつけてくる。

貴族の何人かは、「そうだ、そうだ！」と司教に同調した。過去に私が諸々《もろもろ》お仕置きをした貴族たちである。

「私はカツラをとばされた！」

「毛玉にされました！」

「庭を破壊されましたの！」

よよよ、と泣いているのは、なんだか見覚えのある面々だ。ちなみに、庭を破壊したのは、私ではなくミーヌである。

（皆、ここぞとばかりに、教皇の前で被害者ぶっているわ）

彼らの強《したた》かさと演技力には脱帽する。

するとシャールが私をかばうように前へ進み出た。

「妻を責めるのはお門違いだ。貴様らが我々を非難し続けるのなら、望み通りこの国から出て行ってやる。それで文句はないだろう」

メルキュール家不在による損失を危惧した貴族たちにより、会場がざわめく。

「まったく、悪質な宴だ。ラム、帰るぞ」

「え、でも、まずはメルキュール家の誤解を解いた方がいいんじゃない？　そもそも業務量がおかしいって。私個人のことはいいけど、メルキュール家全体が誤解されるのは嫌だわ」

「私はこいつらの前に、お前を一秒たりともさらしたくない」

司教たちを睨《にら》むシャールの後ろから、双子が顔を出した。追いかけてきてくれたらしい。

私たち全員を巻き込み、魔法で屋敷へ転移しようとするシャールだったが、その前に声がかかった。

「待って」

滑らかで澄んだ声は教皇が発したものだ。私たちは少し驚き、動きを止める。

「教皇様っ!?　ついにこいつらに聖なる裁きをお与えになるのですな！」

「おお、それは素晴らしい！　早くその者らをどうにかしてほしい！」

司教と国王は嬉しそうにはしゃぎ始めた。本気でこの国の未来が心配だ。

だが、教皇はどこか気だるげに二人を振り返って、冷たい言葉を放つ。

「ちょっと黙っていてください。あなたたちの声を聞いているとイライラする」

（えっ……？）

意外にも、教皇は司教や国王に批判的な態度を見せた。

「そもそも、あなたたちはなんなのですか。一人の女性をこのような場に呼び出し、集団で真偽のわからない罪をわめき立て、私に罰を下せと促す。本当にテット王国も堕《お》ちたものです」

「教皇様、どうされたのです!?　こいつらは悪質な背教者ですぞ！」

司教がわたわたと慌てだす。

「何を言っているのです？　背教者はお前でしょう？」

教皇が苛立った声を上げるのと同時にパリーンと天井につるしてあるシャンデリアの一つが割れた。彼の魔力の波に反応したようだ。周囲の客が悲鳴を上げてパニックを起こしている。

「な、なんですと!?　清く正しいモーター教徒である、このアヴァールが、何をしたとおっしゃるのですか！」

「私にごちゃごちゃ言いがかりをつけた時点で、あなたは背教者です。どうせメルキュール伯爵夫人を怒らせることを言ったんでしょう」

にべもなく教皇は断定する。

「なっ……!?」

前半はめちゃくちゃだが、後半の教皇の言葉は的確だった。モーター教にもまともな感覚を持つ人がいるのかもしれない。

「そもそも、彼女は不純な目的で動いたりしません。正義感の強い方ですから。魔法を使ったとしても、一般人相手には加減なさるはず。実際あなたにかけられていたのは、悪臭を発生させる魔法だけだったじゃないですか。いちいち大げさなんですよ」

話を聞くに、ドリアン臭を発生させる魔法を解いたのは、教皇みたいだ。

(実力があるのね)

現代に、そのような資質を持った魔法使いがいたのは意外だった。

「あと、セルヴォー大聖堂から、改ざんされた帳簿と不正人事の証拠が見つかりました。お前は今日をもってクビにします」

まさかの教皇からの解雇通知に、司教はあんぐりと口を開ける。しかし、次第に怒りで顔を真っ赤にして声を張り上げた。

「ふ、ふざけるな、この若造が！　私を嘗《な》めると、どうなるか思い知らせてっ……！　わぁぁぁぁぁぁぁーーっ！」

叫んだ司教の体が、突如空中に浮き、まっすぐ天井に突っ込んでいった。べしゃりと天井にぶつかり、今度は会場の中心に落ちてくる。

「ふう、つまらぬものを飛ばしてしまいましたね。国王、あなたも空を飛んでみます？　気持ちいいかもしれませんよ？」

問われた国王はガタガタと震えながら、ものすごい勢いで首を横に振った。

「そうですか。では、後任の王について後ほどお話ししましょうね」

教皇の意外な行動と、彼の魔法を目の当たりにした招待客たちは、凍り付いたようにその光景を見ている。

だが、まったく彼らを気にしていない教皇は、それを放置して私に話しかけてきた。

先ほどとは別人のような、優しげな声音で。

「さて、メルキュール伯爵夫人。このたびはセルヴォー大聖堂の司教がご迷惑をおかけしました。こいつは私がじきじきにお仕置きしておくのでご安心を」

「そ、そう？」

「はい。あなたを害そうとするなんて、それだけで大罪ですからねえ」

近づいてきた教皇は私の前まで来ると、そっと帽子を取って挨拶する。現れた顔を見て、私は息を呑《の》んだ。かつて見たことのある顔だったからだ。

白と黒に分かれた特徴的な髪と、銀に近い不思議な色の瞳、優しげな表情が酷《ひど》く懐かしい。

「あなた……」

「会いたかったです、先生。この五百年間、あなたに会うためだけに生きてきました」

それは紛れもなく、五百年前、共に暮らしていた、大事な三番弟子の姿だった。

（不器用で、いつも一生懸命で、まっすぐないい子で……）

私はしばし言葉を失いその場に立ち尽くす。

「やっぱりあなたなのね、ランス。まさかとは思うけど、今までずっと生きていたの？　その、五百年もの間……」

知らなかった。転生魔法で現代に来たのはエペとグラシアルだけで、ランスは五百年前の時代で

一生を過ごしたのだと思っていた。

なのに、まさかこんな場所で出会えるなんて。

「はい。あの頃の私は、先輩たちみたいに器用な魔法使いじゃなかったから、先生と一緒に転生できなかった。でも、先生に会いたい気持ちは、二人と同じくらいあったんですよ。だから、寿命を延ばす魔法を使いました」

「寿命？」

できないことはないが、当時のランスには難しい、高度な技術が必要な魔法だ。

（……駄目ね、わからないことが多すぎる）

言葉通りなら、気の遠くなるような年月を生きてきた三番弟子。ランスは疲れたような、どこか達観したような表情で、優しく私を見つめている。

（ずっと一人で、生きてきたの？　私が、ランスを置いて転生してしまったから）

彼のことを思うと胸が苦しくなった。

だが、当の本人は特に気にする様子もなく、穏やかに微笑んでいるだけだ。

「大丈夫。先生は何も心配しなくていいですよ。私が全力でお守りしますから」

「えっ？」

再会の衝撃から抜け出せずにいると、傍にいたシャールが話しかけてきた。彼はすでに二人の弟子を目にしているので、それほど衝撃を受けていない様子だ。

「ラム、まさかとは思うが、こいつも？」

「実は私の三番弟子なの」

「……やはりか」

ランスはシャールに視線を移して微笑んだ。

「初めまして、あなたはメルキュール伯爵ですよね。先生の旦那さんだ」

「だったらなんだ。そもそもなんで、アウローラの元弟子がモーター教の教皇なんぞをやっている？」

シャールは教皇が相手でもいつも通りだった。

「それには深いわけがありまして。せっかく会えたのです、きちんとお話をさせてください。ここの困った方々は私がいいようにしておきますね」

「ちょっと待って」

目の前の現実に気持ちが追いつかない。

けれど、ランスはまるで五百年前と同じように笑いながら、勝手に話を進めていく。

「昔先生に習った、頭の中で永遠に子守歌が流れる魔法でもかけておきましょうか」

言うと、ランスは会場中に魔法をかけた。メルキュール家と枢機卿を除いた全員から、困惑の悲鳴が上がる。

「永遠は可哀想《かわいそう》だわ。せめて百日にしてあげて」

私は慌てて言い添えた。

「先生がおっしゃるなら。それはそうと、司教たちにかかっていた先生の香りの魔法、とても素敵でした。私もドリアンが好きになってしまいそうです」

「そ、そうなのね」

魔法をかけ直したランスは、改めて私を見て言った。

「今から、静かな場所で先生とお話がしたいです」

こちらも望んでいたことだ。どうしてこんな事態になっているのか、ランスがモーター教の教皇をやっているのかが知りたい。わからないことが多すぎる。

それに、ずっと一人で生きてきた彼のことが心配だった。

「ええ、私もあなたに聞きたいことがたくさんあるわ。シャールも一緒でいい？」

戸惑いがちに告げると、ランスは愛想よく頷いた。

「もちろん。それでは移動しましょうか。ここは騒がしいですし、先生とお話をする場に相応しくない」

話していると、奥から人が割り込んできた。

「こ、困ります、教皇様！」

ランスと一緒にいた、モーター教関係者の一人だ。たしか、リュムル猊下と呼ばれていた。

「何がなんだかわかりませんが、これ以上の勝手な行動はお控えください」

中年にさしかかっているであろう彼は、ランスに何かを訴えるような視線を送る。

「大丈夫です、枢機卿。あなたさえ黙っていれば解決する問題ですから」

ランスは有無を言わせぬ笑みを浮かべ、枢機卿を脅した。

今世のランスは教皇という地位からか、周りに強く出てしまう傾向にあるらしい。末っ子弟子だった昔と比べると差を感じてしまう。

（さて、話をするにしても……どこがいいかしら）

王城の部屋を借りるというのも、さらなる混乱を招きそうだ。

かといって、どんな危険があるかわからないモーター教管轄の建物で話をするのも避けたい。

ただでさえ、今の私には余裕がないのだ。他人に邪魔されない安全な場所で、ゆっくり話したい。

消去法で思いついたのは、ただ一つ……。

「ランス。ひとまず、うちの屋敷に来ない？」

私の呼びかけには、ランスより先に枢機卿が反応した。

「あなた、教皇様に向かってなんと無礼な！　呼び捨てした上に、気軽に屋敷へ誘うなんて！」

だが、ランスは枢機卿に冷たい表情を向け、低い声音で彼に忠告する。

「黙ってください。メルキュール伯爵夫人はいいんです。私よりも敬われるべき方ですから」

「どうしてしまったんですか、教皇様。さっきから様子が変ですよ!?」

当たり前だが、枢機卿は困惑している。

しかし、ここで前世の話をしてもややこしくなりそうなので、私は何も言わず黙っていた。

ランスは楽しそうに、目を輝かせている。

「今世の先生の家にお呼ばれだなんて嬉しいなあ。枢機卿はこの場の後処理をお願いしますね。心配しなくても、ちゃんと戻りますから」

にこにこしながら、三番弟子は私の手を取った。ほかの二人の弟子とは違い、シャールにも友好的だ。

「さあ、先生の家へ行きましょう」

シャールはやや困惑している。

「こいつを屋敷へ入れても大丈夫なんだろうな」

「敵意を感じないから、おそらくは。ここで話すよりもいいと思うの」

言うと、彼は渋々転移魔法を実行した。双子たちも一緒だ。

私たちは阿鼻叫喚《あびきようかん》状態の大広間から、安らぎに満ちたメルキュール家の庭へと降り立つ。

ランスは機嫌よく、周囲の景色を見渡している。彼は昔から、庭や公園などの風景が好きなのだ。

五百年前と変わらない部分と、変わってしまった部分が混在する三番弟子。

延命によって生きながらえてきた彼に会えたのはうれしいが、どう接していいのかわからず、私はまだ困惑していた。

「わあ、広いお屋敷ですね」

彼は花壇を見て、小道を見て、学舎のところで視線を止める。

「あの賑《にぎ》やかな建物は、先生のデザインですか？」

「ああ、学舎のこと？　そうよ、私が模様替えしたの。可愛いでしょ？」

「とても素敵です」

ランスは機嫌良さそうに、メルキュール家の庭を観察している。

「ありがとう。それじゃあ、今から屋敷に行きましょう」

私たちは彼を屋敷の方向へ案内する。前世の弟子とはいえ、今は一応教皇なので、私は応接室へランスを迎え入れた。

（一体全体、どうしてこの子が、教皇なんてやっているのかしらね。性格的に、面倒ごとには首を突っ込まないタイプなのに）

特殊な生い立ちの三番弟子は、基本無気力で無関心。ほかの二人と違い闘争心も低く、のんびりするのが好きで、穏やかな性格だ。

そんな彼が、それらの対極にあるモーター教に所属していて、しかも教皇の地位に就いているなんて現実味がない。

「言っておくが、ラムと二人きりになるのはなしだ。私も同席させてもらう」

この国の貴族の常識では、夫以外の男性と密室で二人きりになるのは不貞行為と見なされる。

メルキュール家のメンバーならともかく、彼はお客様の立場なので、そういったマナーが適用されるようだ。

シャールの意見に、ランスは素直に頷いた。

「それで大丈夫です。私は先生に旦那さんがいても気にしませんから」

（……ん？）

ちょっと彼の言動が引っかかった気がしたけれど、私とシャールとランスの三人で、応接室で話をする流れになった。

シャールの隣に私、テーブルを挟んで向かいにランスが座る。

「さて、ランスには聞きたい話がたくさんあるの」

なるべく平常心を保つよう意識し、私は三番弟子に話しかけた。

「私も先生に尋ねたいことがあります」

ランスはにこやかに微笑んでいる。応接室へ入っても、彼から害意は感じられなかった。

「わかったわ」

どんな形で再会したとしても、彼が私の大事な弟子であることに変わりはない。

私はこれまでのランスについて、もっと理解したいと思っていた。

「一部記憶が曖昧だけど、私に答えられる限り、きちんと話すわね」

彼の知りたいこと全てに関して、正確に答えられるかはわからない。

正直に告げると、ランスが怪訝な顔になった。

「あの、先生。記憶が曖昧というのはどういう意味ですか？　私のことは覚えておられるようですが」

ランスの問いかけに頷いた私は、他の弟子に答えたのと同じように、自身の体に起きている現象について彼に話す。隣に座るシャールは黙って話の成り行きを見守っていた。

「私、自分がどうして死んだのか覚えていないのよ。あなたたちのことは覚えているけれど、前世で自分が命を落とした頃の記憶がごっそり抜けているの。エペやグラシアルが転生魔法を使ったことは聞いたのだけれど、皆、私の死因については教えてくれなくて」

「あー……。そういう話なら私も黙っておいた方がいいのかな。エペ先輩あたりが、あえて記憶を残さなかったんじゃないですか？　あの人、器用でしたから」

「ええ。でも、そんな真似をされると、よけいに気がかりだわ。だって、重要な事実を丸々覚えていないのって不安になるわよ？　最近、少しずつ過去の記憶が戻ってきている気がするんだけど、断片的で、何があったのかいまいちわからないのよね」

ランスは戸惑いがちに、視線を私に送る。

「あの、その話を先生の旦那さんはご存じなのですか？」

「知っているわ。私の過去も正体も全部話してある」

シャールは私を気遣いながら、素直なランスへ目を向けた。

「気にする必要はない。妻の正体は確認済みだ」

「へー、信用されているんですねえ。まあ、そういう事情なら、ここで私が知っている範囲のことはお話しします。先生が亡くなったのは、ちょうど私が十七歳になったときですね。先生は二十三歳でした」

「……っ！」

弾《はじ》かれたようにシャールが私を見る。

アウローラは、随分と早世だったようだ。私も少なからずショックを受けた。

「死因は……まあ、『人々を守った代わりに』とでも言いましょうか。先生らしい最期でした。あんな人たち、放っておけばよかったのに」

一瞬だけ、ランスが冷たい表情を浮かべた。穏やかな彼らしからぬ顔だ。

「ランス、私は、その人たちを守れたの？」

夢で見て気になっていた部分だ。結局のところ、私は彼らを救えなかったのではないかと不安だった。

だが、ランスは静かに首を縦に動かす。

「先生のおかげで、彼らはあのあと平和に暮らしました。いつの間にか先生に感謝することも忘れて、また同じような過ちを繰り返していましたけど。先生の去った世など、私の知ったことではありませんので、それらに関しては放置していました」

事実を話してくれているのだろうが、ランスは慎重に言葉を選んでいる気がした。

「ランス、あなたはどうして、モーター教の教皇なんてやっているの？　五百年前にはなかった宗教よね？」

「モーター教は先生の死後に発足した新しい宗教です」

「もしかして、あなたが作った、とか？」

「作ったのは私ではありません。枢機卿です」

私はランスと一緒にいた、生真面目そうな雰囲気の男性を思い浮かべた。

「大広間にいた人？」

「いいえ。彼とは別の枢機卿で、今は総本山にいます」

「今？　もしかして、その人も生きているの？」

「ええ、長命種なもので。先生の先生に当たる方と一緒のエルフィン族です。ただし、男で魔法は使えませんが」

エルフィン族は五百年前ですら幻と言われていた、希少な種族だった。

様々な魔法の知識に通じている彼らだが、その魔法を扱えるのは女性だけ。

種族的に、男性は魔法を使えないらしい。私も師であるフィーニスから聞いただけなので、エルフィン族の男性を直接見たわけではないが……。

(あら？　今、頭の片隅に、何かエルフィン族に関することが引っかかったような。でもやっぱり、思い出せないわね)

記憶に違和感を覚えながら、黙ってランスの話の続きに耳を澄ませる。

「そのエルフィン族に声をかけられ、延命の魔法の知識と引き換えに、名ばかりの教皇になりました。それで、今に至ります」

「……端折《はしょ》りすぎよ」

三番弟子は昔から、自身の気に留まらないことはスルーしてしまう傾向が強い。

「そう言われましても、先生に関係のないことは、私にとって些事《さじ》なので。心底どうでもいいんです」

五百年間成長していない彼の言葉に、私は一抹の不安を感じた。

「つまり、ランスはモーター教が魔法使いを弾圧しているのを知りながら、見て見ぬふりをしていたの？」

「先生一人に困難を押しつけて、先生の命を守らなかった魔法使いどもに、価値なんてあります？　それに魔法使いの弾圧に関して、私個人は積極的に関与していません。枢機卿がいつの間にか始めたことですので」

言い放つランスの声は、どこまでも穏やかで無機質だ。

「どうして、あなたは他人事《ひとごと》のように話すの？　教皇だったら、それを止められたはずでしょう？」

「だって、どうでもよかったので」

「……！」

駄目だ。冗談にしてもたちが悪いし、本気だったら始末に負えない。

私とランスの間には、大きな感覚の溝がある。

「この時代の魔法使いたちは、とても苦しんでいるわ。メルキュール家だって、私が来た頃は大変な状態だった。どこの国でも魔力持ちは虐げられて、辛《つら》い思いをしている。あなたはモーター教の代表なのでしょう？」

ランスはまるで、初めて事実を知ったような、不思議そうな顔になった。

「今って、そんな状況なんですか？」

無関心にもほどがある。

「あなた、これまで何をして生きていたの？　あまり外には出ていなかった？」

「最初の頃は、先生の偉業を広めるのに尽力して各地を回っていました。それが落ち着いたら、魔法アイテムの開発を手伝ったり、先生を捜したり、先生の書き残した本を読んで魔法を覚えたり、先生を捜したり、適当に聖人の任命式に出たり、先生を捜したりしていました。でも最近はもう半分諦めていて、総本山に引きこもっていました」

ランスは、ほぼ私を捜すことに時間を費やしていたようだ。

今のモーター教の有様を放置していた怠慢について叱ろうと思ったが、彼を置いて行ってしまった罪悪感が募る。

「寂しい思いをさせてしまっていたのね。ごめんなさい。でもねランス、モーター教は魔法使いに対して、とても残酷よ。教皇でありながら、現状のまま組織を放置しているなんてよくないわ」

「そうなんですか？　興味がないので知りませんでした」

「興味が、ない？」

仮にもモーター教の代表のような立場なのに、興味がないとはどういうことだろう。

大勢の虐げられた魔力持ちは、魔力を持っているというだけで理不尽を強いられ、命を落としても顧みられない。

さらに、モーター教は人々に嘘《うそ》を吹き込んで、「洗礼」と称し、本来魔法を使える多くの人に魔力封じの魔法を施している。

だから、何らかの要因で魔力封じが効かず魔力を持つ人間は異教徒、または洗礼が効かない異端の子という扱いをされてきた。

これはテット王国の例だが、他国でもそう変わらないと思う。

「ランス、いい加減にして。あなた自身のせいではないにしても、モーター教を制御できる教皇が、正さなければならないことなのよ？　これまで、あなたの無関心で犠牲になった人だってたくさんいるはず」

メルキュール家の皆や、レーヴル王国で弾圧されていた魔法使い、記憶が戻る前のラム。

皆が皆、魔力を持っているという理由だけで虐げられ、辛い日々を送ってきた。

だが、私の訴えはランスに届かない。彼は困ったように肩をすくめるだけだ。

「だって、面倒でしょ？」

それを聞いた瞬間、私は無意識に立ち上がり、テーブルを飛び越え、拳をランスの下顎目がけて繰り出していた。

「……っ!?」

思いが伝わらない怒りと情けなさ、理解してほしいという願いをない交ぜにしたような、荒々しい感情を抑えられなかったのだ。

前世で弟子たちには、きちんと良識を持つよう教育を施してきたつもりだった。けれど、おそらく……。

（この子には、何も伝わっていなかったのね）

魔力を乗せた拳はランスに当たり、彼は城での司教がそうだったように、頭から天井に突っ込んでいく。

「つまらぬものを殴ってしまったわ。こんなことをしても、何も解決しないのに。私は駄目な師匠ね」

少しの間、天井に上半身を突っ込み、足をばたつかせていたランスは、やがて魔法を使って上から下りてきた。殴られて赤くなった顎も、自分で魔法を使って治療している。

「ランス、あなたには力がある。だから今後、その力は困っている人々を助けるために使ってほしい。私があなたに魔法を教えたのは、強者の旗印として持ち上げられ利用される、無為な生活を送らせるためではないわ」

ランスは真摯に私の話に耳を傾け、やがて静かに頷いた。

「先生が言うなら、そうします」

心の機微に疎いながらも、ランスは私の言うことを理解しようとしている。

研究所育ちの彼には、善悪の概念が希薄なところがあり、他人に指示を出されなければ、自分で判断できないケースがあるのだ。

（一緒に過ごすようになって、多少は改善したと思っていたのだけれど。五百年という年月を離れて過ごしていたせいか、部分的に元に戻ってしまったようね）

私の弟子教育もまだまだ課題が多いと思い知った。

顔を上げたランスは、反省しているのかいないのかわからない顔で、まじまじと私を見てくる。

「これから、教皇の地位から退いてこようと思います。衣食住が整っていて楽だったので、今まで世話になっていましたが、過去に助けてくれた枢機卿への義理は十分に果たせたので」

「簡単に言うわね」

「ええ、辞めるのは難しくないんです。だから、教皇じゃなくなったら、私を先生の傍に置いてくださいませんか？」

私は瞬《まばた》きしながら弟子を見つめる。

「メルキュール家は魔法使いの家ですよね？　私だって、一員になる条件を満たしています」

「それはそうだけど」

「私には定住先が必要です」

隣にいるシャールの様子を窺《うかが》うと、無表情の中に戸惑いが見受けられた。

割り切れないといった気持ちが強いのは、散々モーター教に煮え湯を飲まされ続けてきたメルキュール家の場合、仕方がないと思う。

だが、ランス自体が、魔力持ちを弾圧した主犯でないことは、彼も理解しているようだった。

「先生に旦那さんがいても私は気にしませんし、なんなら仕事もお手伝いします。メルキュール伯爵が旦那さんなら、私は愛人でいいです。先生の傍にいられるなら形にはこだわりません」

表情を変えたシャールが、ランスから隠すように私の前に腕を伸ばした。

「ランス、あなた、愛人という言葉の意味をわかって言っているの？」

「わかっていますよ。私の方が先生よりも、五百歳くらい年上なんですから。それに言いましたよね？　先生に旦那さんがいても、気にしないって」

理解して口に出しているのなら、なかなか性質が悪い冗談だ。

「私は愛人を募集していないわ。そうね、学舎にいる子供たちの教育係か、屋敷の警備係が不足しているから、雇うとしたらそっちね」

話を聞いたシャールは不服そうな、どちらかと言えば反対という顔をしている。

「ラム、私は間男を養う気はないぞ。元モーター教の教皇だというなら尚更《なおさら》だ。ガキ共に何かあってからでは遅いからな」

魔法使いの弾圧の原因はモーター教だ。元とはいえ、そのトップである教皇をメルキュール家の内部に迎え入れるのだから、懸念はもっともかもしれない。

シャールが反対しても、当主としての彼の意見に従おうと思う。

ランスのことは心配だけれど、彼は五百年くらい長生きしている大人だし魔法の力もある。メルキュール家やモーター教にこだわらなくとも、十二分に生活していけるはずだ。

記憶が戻った当初――子供たちを放置していた頃からは考えられないくらい、シャールはメルキュール家の当主らしくなっている。

「あはは。間男だなんて、厳しい後輩だなあ」

「後輩？　私はラムの夫でありメルキュール伯爵として、当然の発言をしているだけだが」

「でも、私よりあとに先生から魔法を習っているなら『後輩』ですよね。先輩方が常々言っていました、『後輩は後輩らしく先輩に従え』って。もちろん、私はそんな意地悪を言ったりしませんが……」

直接言っていないにしても、言外ににじみ出ていれば同じだ。

シャールから明らかな殺気が立ち上る。

「先生、後輩に教育的指導……しちゃっていい？」

ランスがニコニコ笑いながら、とんでもないことを言い始めた。

「駄目に決まってるでしょ」

「ラム、この間男を叩《たた》き出すぞ」

メルキュール家当主として、シャールも黙ってはいない。

「シャール……」

話がややこしくなりそうなので、私は慌ててランスを止めた。

「ランス、この話は保留させてちょうだい。メルキュール家側の事情もあるし、あなたも今はまだ教皇なんだから」

「先生のケチ」

とりあえず、ランスの今後に関しては、シャールと相談しつつ検討したいと思う。

(たぶん、却下されるでしょうね。ランスには気の毒だけれど、滞在先は他に見つけた方がいいと思うわ)

話を聞いて、ランス自身も渋々納得する。

「うちに住む話は一旦置いておいて。ランス、五百年前の話をもっと詳しく教えてくれないかしら。やっぱり自分の死因が気になるのよね」

するとランスは、彼にしてはわかりやすく表情を曇らせる。

「そう言われましても。私も先輩たちと一緒で、先生を悲しませたくはないんです。先ほどもお伝えしたように、先生は改悪魔法アイテムの害から人々を守って、そのせいで力尽きてしまったとしか言えません」

ほかの二人は断固として教えてくれなかったが、素直なランスは彼らに比べると脇が甘い。早くもヒントを漏らしてくれた。

（『改悪魔法アイテム』という言葉が気になるわね）

彼の話はきっと真実だ。夢で見た光景に繋《つな》がる部分がある。

もう少し突っ込めば、詳細を聞き出せるかもしれない。

「馬鹿なやつらが、過去に先生から受けた恩も忘れて増長して……。ほんと、私が全部消してやればよかった。もっと力があればできたのに……」

ぶつぶつと、三番弟子に似合わない、物騒な発言が聞こえてくる。

しかし、不穏な面影はすぐになくなり、ランスは穏やかな表情に戻って言った。

「そういえば、先生は先輩方に会われたのですよね？　先ほどエペ先輩とグラシアル先輩のお話をされていましたが」

「ええ、二人には少し前に会ったわ」

今世で立派に成長した、一番弟子と二番弟子。

ランスは思い当たる節があったようで、ぐいっと前に身を乗り出す。

「もしかして、レーヴル王国にはグラシアル先輩がいたりします？」

「知っていたの？　彼は第一王子なの。エペの方はオングル帝国で商人をしているわ」

「商人？　エペ先輩のことですから、やばいものを売っているんじゃ……でも、先輩たちに会うのは後回しでいいです。先生、今後の活動方針を決める前に、私は一度王宮に戻ろうと思います。メルキュール伯爵、私が不在の間、先生をよろしくお願いしますね」

微笑んだランスは緩やかに席を立つ。

「どうしてお前に、ラムをよろしくされねばならない。余計なお世話だ」

シャールは仏頂面でランスを睨んだ。

「そんな、仲良くやりましょうよ。正妻、もとい正夫殿。じゃ、そういうことで」

言いたいことだけ言うと、ランスは転移魔法でささっと消えてしまった。私の弟子たちは自由人ばかりだ。

「ごめんなさいね、シャール。私もまさか、自分の弟子がモーター教の教皇をしているなんて予想していなかったものだから。今も衝撃を受けているわ」

なんとも言えず、私はたどたどしくシャールに言葉をかける。

シャールは態度に出さないが、メルキュール家の代表として思うところがないはずがない。

しかも、ランスは教皇という地位にありながら、全部が投げやりで、モーター教が各地で悪さをしていても無関心で、とても適当に生きてきたのだ。

私がランスを殴ったからといって、簡単に溜飲《りゅういん》は下がらないと思う。

「本当に、私は師匠失格だわ」

「昔の知り合いだからといって、ラムが気に病む必要はない。あいつの方が年上なのだから、お前が保護者として振る舞うのも変な話だ」

つまり、気にするなと言ってくれているようだ。

「モーター教への対処は追い追い考えるとして、今はお前の過去の話と顔色が気になる。気づいていないみたいだが、いつも以上に顔面が蒼白《そうはく》だ」

「えっ？　私、そんなに具合が悪そう？」

「ああ、あいつを殴ったあとから、徐々に血の気が引いているように思える。今日はもう部屋に戻った方がいい」

　こちらを気遣うシャールの言葉に、私は甘えることにした。

「ありがとう、そうさせてもらうわね。いろいろなことがあったから、体に不調が出たのかしら。前ほど苦しくはないけれど」

「苦しくない人間は、そんな顔色にはならない」

　シャールは私の手を取って、部屋まで転移する。そうして、近くにいたメイドにドレスの着替えを頼むと、部屋を出て行った。

　考えたい謎や悩みはまだあるけれど、混乱して考えがまとまらない。

　やはり、シャールに告げられた通りで、体調がよくないのだろう。私は彼の指示に従い、さっさとベッドに横になることにした。

（それにしても、転生直前に起きた事件が、ますます気になってしまうわ）

　悶々《もんもん》としているうちに、体力が切れた私は意識を失ってしまった。

真っ白な螺旋《らせん》の空間の中、深く深く私の意識は沈んでいく。頭が痛い。

何かを思い出せそうな気がするのに、思い出せず焦りだけが募る。

いつにも増して焦燥に駆られるのは、今世にいるはずがないと考えていた三番弟子に会ったせいかもしれない。

（モーター教を立ち上げたのは、エルフィン族の枢機卿《すうききょう》なのよね？　師匠以外にもエルフィン族がいたの？　でも、私、その人を知っていたような……）

ぐるぐると、頭の中で思考が巡る。

〝魔法使いに頼らなくても、回る世の中を作ろうと思うんです〟

ふと、誰かの声が聞こえた気がした。あれは誰が言った言葉で、私はいつそれを聞いたのだろう。

思い出そうとすると、頭の痛みが増した。酷《ひど》く気分が悪いと感じていると、以前の夢と同じように断片的な光景が見えてくる。

五百年前の王宮、演説する魔法アイテム学者。

彼を賞賛する人の群れ。

人々に失望して減っていく王室付きの魔法使いたち。

弟子たちは私に、辞職しろとせっついていた。

よくわからないが、彼らとの断片的な会話が浮かんでくる。

アウローラは師匠であるフィーニスの跡を継いで、王室付き魔法使いになった。そこまでは覚えている。

そして、私のほかにも、同じように働いている魔法使いはいた。けれど……。

消えては浮かび上がる昔の光景の中で、最後まで王宮に残っていたのは、私一人だけだった。

さらに頭が痛くなる。もっと深いところの記憶が掘り起こされているからかもしれない。

（ああ、思い出せそう。ラムがアウローラとしての記憶を思い出したときと、同じ感覚だわ）

それは魔法使いとしての勘だった。

三人の弟子と会ったことで、記憶の蓋が開き始めている気がする。

（そうだわ、私……私は……）

王宮に残った最後の魔法使いで、ランスの言った通り、職務として人々を守って……。倒れて、落下して、弟子たちの悲壮な声が聞こえて。

今にも泣きそうなあの子たちに「大丈夫よ」と声をかけたかったけれどできなくて。もう体のどこも動かせなくて。そのあと、たぶん、転生したのだと思う。

あんな最期だったから、可愛《かわい》い弟子たちにトラウマを残してしまった。

（今さらどうにもできないけど、あの子たちが皆無事で、生きていてくれてよかったわ）

私はさらに深い記憶の中に落ちて、当時のことを思い返した。

（あれはたしか、師匠であるフィーニスが突然いなくなって、私がひっそりと落ち込んでいたとき……)

長年親代わりだった彼女が姿を消したことで、私は大きなショックを受けていた。

いずれそうなるとはわかっていたし、フィーニス自身も私に予《あらかじ》め告げていたけれど、挨拶もなしに消えるなんて思ってもみなかったので、それなりに傷ついた。

本人は嫌がるだろうが、私は彼女を母親のように思っていたから。

残されていたのは、机の上の適当な置き手紙一つ。フィーニスらしいといえば、らしい……。

しかし、あからさまに落ち込んでは、弟子たちに心配をかけてしまう。個人的なことで周りに気を遣わせてしまうような人間は師匠失格だ。

(しっかりしなくちゃ)

とは思うものの心の中は大混乱で、何も手に付かない状態だった。

(だけど……)

唯一彼女から託された、王室付きの魔法使いの仕事だけは、きちんとこなそうと決めた。

そうはいっても、私に依頼が来るのは、ほかの魔法使いの手に負えない厄介な仕事ばかりだったのだが。フィーニスがいなくなった辛《つら》さを忘れるため、私は今まで以上に魔法使いとしての仕事に打ち込んだ。

そんなある日のことだった。

世界各国を回って旅する魔法アイテム学者だという、エポカという男が王宮に現れたのは。

彼はフィーニスと同じエルフィン族だった。ただし男の。

エルフィン族の男性は魔法を使えない。体内に魔力はあるが、それを魔法として放つことができないという特殊な体の構造を持つ種族なのだった。

しかし、使えないのは魔法だけで、体内の魔力そのものを利用するアイテム作りや薬品作りなどは得意だった。長寿のエルフィン族なので、魔法知識も豊富だ。

だから、男性のエルフィン族は、学者や医者が多いのだとフィーニスが言っていた。

エポカもまた、それらの例に漏れない一人だった。

「魔法使いに頼らなくても、回る世の中を作ろうと思うんです」

彼の言葉に、当時の王室は酷く心を動かされたようだった。それが可能になれば、魔法を苦手とする人々が、魔法使いに頼らなくても便利に生きていける世界ができあがる。

彼らが日頃仕事を頼むような、力の強い魔法使いは、役には立つが扱いが難しい。ほとんどが気まぐれな自由人だし、権威にこびない。

仕事に誇りを持っているからプライドも高い。個人での商売が多いため、料金もそれなりにかかる。気に入らないことがあると仕事を受けないし、人によっては妙なこだわりで周囲を困らせたりもする。

(優れた魔法使いほど、癖の強い自由人が多いのよね)

そんな魔法使いの扱いに、当時の権力者は手を焼いていた。彼らは意思のある魔法使いではなく、ただ従順なだけの便利な人間を欲しがっていた。

魔法使いに依頼するよりも、言いなりの部下に魔法アイテムを使わせる方が便利。

国の上層部はこぞってそう判断し、国王に気に入られたエポカは、瞬く間に国の重要人物として扱われ、王室お抱えのアイテム学者になり、器用な処世術で力を広げていった。

そして、彼の作ったアイテムが、魔法を苦手とする人々の間で、広く使われ始めた。

最初は生活の役に立つ道具、次に大がかりな乗り物、さらには王宮の騎士団が使用する武器……。

たくさんのものが国内に出回った。

普通の魔法アイテムよりも安価で優れているからと、人々はこぞってエポカが開発した魔法アイテムを使いたがった。

「魔法使いはもう不要だ！」

「時代遅れの金食い虫だ！」

「あいつらがいなくても、アイテムさえあれば俺たちは生きていける！」

各地で魔法使い不要論が急激な早さで全国に広まっていき……。

かつて活躍した魔法使いたちは、次第に肩身の狭い思いを強いられるようになり、多くの優れた能力や技術を持つ者が職を辞し、新たな生きる場所を求めて国を出て行った。

私は相変わらず、王宮付きの魔法使いとして働き続けていたが、人々に魔法を悪く言われていい気はしなかった。それは私にとって大切なものだったから。

魔法は魔法アイテムでは実現できないこともたくさんできた。決して時代遅れではなく、可能性に満ちていた。

けれど、それはきちんと修業を積んだ、熟練の魔法の使い手限定のこと。

中途半端な魔法使いや自ら魔法を使う機会の少ない一般人は、自分の技術を磨くより、魔法を覚えるより、正当な料金を払って魔法使いに依頼するより、完成した魔法アイテムを安価で買って使うだけで済む、楽な方へ走った。ただ、それだけ。

わかっていたけれど、当時はそれなりに辛かった。

魔法使いの中には、アイテムと同等の効率のよさや従順さを受け入れ、苦しみながらも、「言われた単純業務だけをこなす安価な魔法使い」として働く者も現れ始めた。

それでも、人々の需要が魔法使いから魔法アイテムに移り変わっていくことは避けられなかった。

しかし、事態はそれだけでは済まなかった。

エポカのアイテムは、誰でも簡単に使える便利なものというだけではなく、大きな代償を必要とするものだったからだ。

人々はそれに気がつかないまま、アイテムの作られ方や構造すら知らないまま、大量にそれらを買って消費し続けた。

そんなエポカの魔法アイテムの危険性に最初に気づいたのは私だった。好奇心から彼のアイテムを分解していくうちに、ある点が気になりだしたのだ。

エポカは自身のアイテムに、魔法使いの間では忌避されている、「変質魔力変換機能」をつけていた。文字通り、普通の魔力を変質魔力へと変換する機能だ。

変質魔力をそのまま使っていたわけではなく、アイテム使用時だけ、魔力を変質魔力に変える機能をつけていたから、人々に気づかれにくかったのだろう。

魔法使いでも、古い知識を持つベテランに師事している者にしか、わからなかったはずだ。

それもあって、簡単に使用許可が下りてしまったと思われる。誰が確認したのか定かではないが
……大問題だ。

（まったく、こんなアイテムに簡単に使用許可を出して。お偉いさんたちはなにをやっているの）

変質させた魔力を使うと、通常の魔力をそのまま使うより、大きな力を発揮できる。

それもあって、昔は魔力を変質魔力に変換させる機能をアイテムにつける方法が用いられたと、師であるフィーニスが言っていた。だが、変質魔力は使用時の危険性が指摘され、早々に廃れていったとも聞いている。

それは、変質魔力の持つ性質が原因だった。

消費時に外へ放たれた変質魔力は、そのまま大気中に蓄積していく特徴を持つ。

そして、変質魔力の濃度の濃い場所では、突然の魔力暴発や人体への悪影響など様々な被害が引き起こされた。

奇《く》しくもそれは、今、国内で起きている現象と全く同じだった。

（ずいぶん昔のことらしいから、知らない人がいるのは仕方ないけれど。国がそれをやっちゃ駄目でしょ）

変質魔力の危険性に気づいた私は、早急に国に知らせ、改悪された魔法アイテムの使用を止《や》めるよう求めたのだが……。

初期の段階で国王により、災害や健康被害とアイテムとの関連が否定されていたため、国として

の対応が後手に回った。

なんで調べもせずにそんな回答を出してしまうのだと当時は憤ったものだ。

おそらく、予めエポカが変質魔力の悪影響を想定して根回ししていたのだろうと、今ならわかる。

ようやく、国が改悪アイテムの危険性を発表し、変質魔力の恐ろしさに皆が気づいたときには、もう手遅れの段階で……。私たちや、他の知識のある魔法使いたちが駆けずり回ったところで、全ての被害を防ぎきることは不可能で……。

国中に満ちて暴走した変質魔力は、常にどこかで爆発騒ぎや健康被害を起こし、人々の生活を壊していった。

その頃になって、世間は再び王宮付きの魔法使い——つまり、私に泣きつくようになったのだ。

(うん、思い出してきたかも)

私は必死になって変質魔力による問題を解決して回った。

聞こえてくるのは「なぜ危険なアイテムを黙認していた」、「魔法使いは今まで何をやっていたんだ」という批判の言葉ばかり。中には「害なんてないから、アイテムを使わせろ」という声まであり、開き直って改悪アイテムを使い続ける人も数多くいた。それほどまでに、彼らの改悪アイテムに対する依存が進んでいたのだ。

それでも、皆を変質魔力の害から守るために私は動き続けた。

弟子たちが揃《そろ》って私の死因について話さなかったのは、それが私にとって、辛く悲しい記憶だったからだろう。本当に気遣ってくれたのだとわかる。

そして、あの事件は起きた。

王都中心部での変質魔力の集中爆発。

（確か、変質魔力を用いたアイテムの使用禁止に反対する人たちが集まって、同時に大量の改悪アイテムを起動させたのよね）

連続した爆発がさらに大きな爆発を呼び起こし、話を聞いて私が現場に転移したときにはすでに街は火の海で、もはや収拾のつかない有様になっていた。これまでに蓄積されてきた大気中の変質魔力も連動して渦を巻き、次の爆発を引き起こすのは時間の問題かと思われた。

心配してついてきた弟子たちには人々の救出と魔法アイテムの破壊を指示し、私は中心部で膨れ上がっている変質魔力の処理に向かった。放っておけば国が吹き飛ぶくらいの巨大爆発が起こりそうだったからだ。

そうして巨大爆発で国が吹き飛ぶ事態を、私の光魔法の結界で防ぐことはできた。

だが、その際、私自身は変質魔力の爆発の直撃を受けてしまった。

自身の防御より、人々の命を救うための魔法を優先して使ったからだ。

それが、私の転生のきっかけとなった出来事である。

（あの子たちには、とても申しわけないことをしたわ）

魔法使いのいざこざに彼らを巻き込み、中途半端な形で放り出してしまった。責められても仕方がない行いだ。

「…………」

後悔していると、いつにも増して激しい頭痛が襲ってきた。

（記憶が蘇《よみがえ》るごとに、気分が悪くなってくるわね）

もう、私の頭痛と気分の悪さは頂点に達している。夢の中だというのに自分自身の呼吸が荒くなるのがわかった。

そして、蘇った記憶そのものが、私の心に与えたダメージも大きい。

（苦しくて、悲しい……）

真っ白な世界でもがいていると、不意に力強く現世の名前を呼ばれた気がした。「ラム」と。

ふらふらしながら、そちらの方へ精一杯足を進める。夢の中の私は、なぜか、このまま進むのが正解だと判断していた。

やがて、体を揺さぶられるような感覚とともに、意識が浮上していく。今世の自分の名前が断続的に呼ばれている。

吸い寄せられるように目を開くと、間近にシャールの顔があった。上からのぞき込まれているようだ。呼吸はまだ荒いままで、体の震えも止まらないけれど、頭痛と気分の悪さはなくなっていた。

「シャー……ル……？」

目の前にいるのは、まぎれもなく今世の夫だ。彼が呼び戻してくれたらしい。

「もしかして、私……うなされて、いた……？」

心配してくれたのだろうか。

周りがほのかに明るいのは、彼の照明の魔法のおかげらしい。過去に私が書いた本に載っていた魔法だ。

安堵《あんど》から肩の力が抜け、なぜだかわからないが涙が出てきた。

ただでさえ、不安そうな表情を浮かべていたシャールが、ますます動揺しているのがわかる。

「かなり具合が悪いのか？　すぐに医者を……いや、薬の方が早いか。実験室にストックしてある魔法薬の手配を」

「大丈夫よ、シャール。体調は不思議と悪くないの。むしろ、眠る前よりもよくなっているわ」

ただ、勝手に涙腺が崩壊しているだけ。

「だったら、なぜ泣いている。無理をしているのだろう」

私はゆっくり上体を起こし、ゆるゆると首を横に振った。

「自分でも、どうして涙が出ているのかわからない。ただ、あなたを見たら、ほっとして……」

困惑気味のシャールがそっと手を伸ばし、私の涙を拭った。

「夢を見ていたの。五百年前、実際に起こった出来事の」

何かに気づいたシャールに向かって、私は「そうよ」と頷《うなず》く。

「私、全ての記憶を思い出したわ」

ショックが大きくて、今はどうしても弱気になってしまう。シャールを困らせたいわけではないのに。

「ラム、無理して話さなくていい。見ていればわかる。おそらく、ろくな記憶ではなかったのだろう。何が起きたのか私には想像もつかないが、お前の弟子たちが黙り通したくらいだ」

黙り込んだ私は、そっと頷く。

「そうね。新たに思い出せた部分は、少し苦しい思い出だったわ」

前回見た夢とも通じる、私の死因に関係する出来事。そしておそらく、今現在、魔法使いたちが虐げられている事情にも繋《つな》がる事件。

私は国の破滅こそ食い止められたが、当時の人々の価値観までは変えることができなかった。

だから、モーター教が生まれて広がり、魔法使いたちは当時の比ではないくらい虐げられるようになってしまった。

(結局、私は誰も救えていなかったのね)

何が伝説の魔女で最強の魔法使いだ。

私は一つも事態を好転させられないまま倒れ、二人の弟子を犠牲にし、残った三番弟子をも苦しめただけ。

(なんて、笑えない……)

苦しさに押し殺されそうになっている私を、そうと知ってか知らずか、シャールが胸元に抱き寄せた。それだけで酷く安心してしまう。

「あの、シャール」

「現代で生まれ育った私は、お前の過去を共有できない。だが、どのような真実があろうと、お前を支えると決めている」

不器用な彼の温かさに触れ、私の涙腺がさらに緩む。

こんな情けない姿は、できれば誰にも見せたくなかったのに。

私は少しずつシャールに寄りかかり、彼の優しさに身を委ねた。

「お前はもう少し休んだ方がいい。眠れないなら傍《そば》にいるし、うなされたら起こしてやる」

「ありがとう。落ち着いたら、あなたにもきちんと話すわね」

「さっきも言ったが、無理をする必要はない」

「私が聞いてほしいの。そして……前世でやり残してしまったことを、今度こそ成し遂げたい。今の私の体では、どこまで可能かわからないけれど」

シャールは静かに私の話に耳を傾けてくれた。

そうして、私は彼にもたれかかったまま、二度目の眠りについたのだった。

※

オングル帝国のはずれにある拠点で、エペはたまっていた仕事を処理していた。

あのあと、うるさい弟弟子のグラシアルを追い出し、魔法で建物を元に戻し、部下の傷を回復させ……とりあえず、諸々《もろもろ》の事態はひとまず収束した。

だが、その間放置していた作業が、山のように積み上がっている。

窓を開ければ、朝の霞《かすみ》がかかった荒れ地に、静かに日の光が差し込み始めていた。

（アウローラ）

せっかく見つけたのに、あっさり逃げられてしまった前世の師。

悔しいが、二度目の接触は案外容易にできそうだ。居場所は割れている。

（動いていた。生きていたな……そういう魔法にしたから当たり前だが）

壊れかけの、息もまともにできない彼女はもういない。自分が転生させたから。転生させるために息の根を止めたから。

あのときの感触は決して忘れない。

だから、再会したアウローラを目にした瞬間、心底安堵した。

中身も五百年前から変わっていないし、転生魔法はほぼ成功している。不具合があれば、今世で自分が修復すればいい。

今度こそ悲しい思いはさせない。彼女の愁いは全て自分が断つと決めていた。

前世に心残りがあるとすれば、事前にアウローラを救えなかったことだったから、今世では必ず自分が彼女を傍で守らなければならないのだ。

仕事をしつつ物思いにふけっていると、部下の一人が分厚い資料を持って部屋に駆け込んできた。

「ボス！　モーター教の偉いさんから連絡が！　なんか、『聖騎士に武器を支給したいから、これと同じ仕様のアイテムを急ぎで作れ』って。材料や仕様書は全部あっちで用意するみたいです」

「は？　うちはアイテムの製造屋じゃねえぞ。武器を作りたいなら、そのへんの工房にでも依頼しろよ」

「でも、ボスならできちゃうでしょ？　器用だし魔法すげえし、これまでもモーター教の無茶な依頼を簡単にやってのけているし。先に設計図を見せてもらったんすけど、今回のアイテムは、俺らでも簡単に作れますよ？　わざわざうちに頼むのは、何か後ろ暗い事情でもあるんじゃないですかね」

部下はひらひらと、手に持った設計図を振っている。

「俺にも見せろ」

部下の持っていた設計図の束をひったくる。エペは図面の解読がわりと得意だ。

（最初から俺が設計した方が、高性能なやつができると思うが。あまり魔法使いとして目立つのも面倒だからな……）

じっと、設計図を眺めていたエペは、不意に目を細め、眉間に皺《しわ》を寄せた。

「おい……これ……」

「どうしました、ボス？　あ、サンプルが見たいなら、依頼者の置いていったものが、ここに……」

様子のおかしな上司を前にして、部下が慌てだす。

エペはモーター教から送られてきた、見本となる武器を確認する。

「普通に使える本物だな。あの頃と同じ改悪アイテムか……どこのどいつかしらねえが、嘗《な》めた真似《まね》をしてくれる」

五百年前に大規模な被害を出した武器を、今になって製造しようだなんて。そしてそれを、あろうことか自分に依頼してくるなんて。

「さっきから様子が変ですよ、ボス？　このアイテムに何か問題が？」

エペは部下を見上げ、悪い笑みを浮かべた。

「ああ、問題だらけだ。よし、俺がじきじきにその武器を改良してやろう」

「ええっ、なんですかそれ！　めっちゃ楽しそう!!　俺、ちょっと改造好きな仲間を集めてきます！」

部下は喜び勇んで仲間を呼びに行ってしまった。ここにいるのは、自分に似てこらえ性のないやつらばかりだ。

エペは再びサンプルに目を落とす。

「やっぱ、五百年前に流行《はや》った、魔力を変質させて使う武器だよなあ……。俺を相手に、ふざけたもん寄越《よこ》しやがって」

向こうはエペの存在を知らないから仕方がないし、どうしてここに五百年前の資料があるのかも謎だ。けれど、この魔法アイテムが、エペにとっての師の仇《かたき》の一つであることに変わりはない。

それを作ろうとするやつらも、使うやつらも。

「まさか、モーター教が噛《か》んでいたとはな。見つけたからには容赦しない」

このタイミングで、因縁のある話が舞い込んでくるとは。奇妙な巡り合わせを感じる。

（五百年前にアウローラからの頼みで、グラシアルやランスと結託し、全ての改悪アイテムを葬り去って回ったはずだが）

エペが今回依頼されたアイテムは、五百年前に出回っていたものとまったく同じだった。

アウローラが死ぬ原因になった、悪質な改悪アイテムの一つで、変質させた魔力を攻撃魔法に変換して放出する武器だ。手軽さから、魔法が苦手な騎士や傭兵《ようへい》に数多く支給され、魔獣退治などに使われた。

（もっとも、五百年前は武器の他にも変質魔力を用いる改悪アイテムがたくさん製造されていたが）

魔法が下手でも、魔力が多くなくても、誰でも扱える便利な道具。

ただし、変質魔力は周囲の環境を強力に悪化させる特徴を持つ。突如魔力爆発を起こしたり、使用者の生命を脅かしたりと問題も多い。

しかも、大勢の人間が改悪アイテムを使えば使うほど、変質した魔力が大気中に広がって溜《た》まり、あとになって彼らに降りかかってくる。

五百年前は体調不良を訴えたり、暴発事故に巻き込まれたりする者が多かった。

しかし、当時王宮に手を回していた発案者により、この魔法アイテムと変質魔力による環境悪化の関連性が否定され、人々はそれを信じ、改悪アイテムを使い続け……国が崩壊した。いや、しかけた。

崩壊を命がけで止め、人々を守ったのがお人好《ひとよ》しなアウローラだ。悲しくなる。

（で、どこの誰だか知らねえが、また同じ過ちを繰り返そうとしているやつがいるのか）

アイテムの材料には手に入りにくいものもあるが、それはモーター教が用意するという。

組み立てるのは部下の言った通り簡単で、理屈を知らなくても手順さえ覚えれば誰でも作れる。何も考えなくても惰性で作れてしまう類いのものだ。だからこそ、「魔法アイテムの製造は専門外」と謳《うた》ってある、エペのところに依頼が来たのだろう。

（汚れ仕事や、こういう面倒な依頼は、全部うちに来るんだよなあ）

そして、大元の依頼者は使いだけを送ってきて、顔すら見せない。

（モーター教からは、なんの説明もねえけど。改悪アイテムは、製造段階でも製作者に多少の健康被害が出るはず。五百年前にも各地の製造工房で健康被害が出ていた……それを黙って俺らに作らせようなんて、嘗めた真似をしてくれる）

変質魔力をばらまく魔法アイテムなど害にしかならない。

エペには、アウローラが命を張って守り抜いたものを壊す気など、さらさらなかった。

「設計図を書き換えて、変質魔力を出さない最高のアイテムを作ってやる」

かつて、同じアイテムを広めた男は、「魔法使いに頼らなくとも回る世の中を作る」とほざいていた。だが、それは表面的な耳障りのいい嘘《うそ》で、やつの真意は別のところにあったとエペは気づいている。

（あいつはただ、魔法を使えない劣等感から解放されたかっただけ。魔法使いを排除して自分の地位を築きたかっただけだ）

そこには信念など何もない。あるのは奴《やつ》のエゴだけだ。

（しっかし、アイテムの製作を俺に任せるなんて、人選ミスも甚だしいな）

アウローラの死因を作ったエルフィン族の男。

あの事故で死んだと思っていたが、無事だったとすれば、現在まで生きていたとしても不思議ではない。なんせ、エルフィン族は長命なのだ。

今世でまだ同じことを繰り返す者がいるなら、エペは絶対にそいつを許すつもりはなかった。

※

最近のメルキュール家の朝は、たいして早くない。

子供たちを除けば、どちらかというと、もともと夜型の一家だ。早くに眠りにつくのは体の弱い私くらいのものである。

いつも体調不良を抱えている私だが、今朝は目を開けると、いつもよりもやけに体が軽かった。

（久しぶりに、スッキリした目覚めね）

頭痛もないし、胃のむかつきもないし、熱もないように思える。

あのあと、私はもう過去の悲しい夢を見なかった。

（記憶を全部思い出したからかしらね。シャールには情けない姿をさらしてしまったわ。らしくない弱音を吐いて、泣いて、抱きしめられて……）

そこまで思い出した私は、ぶんぶんと頭を横に振って、昨夜の記憶を払拭しようとした。

（親にも師匠にも、あんなふうに甘えたことなんてないのに。これからは気をつけないと）

いつも、しっかりせねばと思って生きてきた。それはこれからも変わらない……はずだったのに。

シャールの前だと上手《うま》く取り繕えない。

（気になることは多いけど、まずは起き上がって着替えなきゃね）

冷静さを取り戻せないまま横を向くと、同じく横になってこちらをじっと見ているシャールと目が合った。

「えっ？　シャール、いたの？」

というか、よく見ると、私が片手で彼の服を摑《つか》んでいるような状態だ。

（この手は一体……!?）

私の考えを察したように、シャールはその体勢のままで頷いた。

「お前が手を離さないものだから、ここで寝た。せっかく眠ったのに起こすのも忍びなくてな」

「ご、ごめんなさいっ！　私ったら……！」

謝りながら、慌てて彼の服から手を離す。

「昨日より回復しているようだ」

私は顔を熱くしながら、ぶんぶんと首を縦に振った。

「ええ、今日は元気よ！　それで、えっと、その……」

私はシャールと目を合わせ、早口で言葉を紡ぐ。ばくばくと脈打つ心臓が落ち着かない。

「さ、昨晩はありがとう。あなたのおかげでよく眠れたわ」

シャールはキョトンとした顔になったあと、「それはよかった」と言って微笑《ほほえ》んだ。

「……顔色は戻ったが、起きられるか？」

「もちろん。ねえ、私が眠ってからどれくらい経《た》った？」

「今回は一日も経っていない。夕方前に寝て、夜に目覚めて寝て、今が朝だ。熱は……」

私のおでこに手を当てて熱を測るシャール。こんなときだというのに、また落ち着かない気分に襲われる。

しかも、そんな変な状態が以前より、またいっそう酷くなったように思えた。

「いつもより体温が高い。やはり熱が引いていないのか？」

「こっ、これは違うの！」

私は逃げるようにベッドから起き上がると、そそくさとシャールから距離を取る。

「ほ、ほら、この通り！　今朝の私は、とっても快調なの！」

「それならいいが」

シャールは訝《いぶか》しむような視線を私に向けていた。

言葉とは裏腹に、私の言い分を信じていないようだ。気まずい……。

「そういうことで、着替えるからシャールも部屋に戻ってね」

焦った私はベッドからゆっくり下り、立ち上がるシャールの後ろに回って、彼の背中をそっと押す。私のせいで、シャールの起床がいつもより遅れてしまっているし、これ以上引き留めてはいけない。そして、何よりやはり気まずい……。

「ああ、わかった」

表情を変えないままシャールは歩き始め、扉の手前で後ろから押す私を振り返った。突然振り返られたので、やたら距離が近い状態だ。

「ちょ、ちょっと……!?」

慌てて後退しようとしたが、その前にシャールが、私の腰の後ろに手を回しロックする。そうして、ぎゅっと抱きしめてきた。

「……っ」

予測できない彼の行動に、全身の温度が急激に上がっていくのがわかる。しかも、前回より若干長い。その間、私は混乱から固まっていることしかできなかった。

「シャール、どうしてこんな……」

「したくなった」

平然とそんなことを言ってのけるシャール。しかも、彼には私と比べようもないくらいの余裕が感じられる。

私なんて、いつも、いっぱいいっぱいの状態なのに。

「ラム、顔が真っ赤だな」

穏やかな顔で、満足そうなシャールを見ていると、どうしてだかちょっと悔しい。

「わ、私はっ、このくらい、なんとも思っていません！」

動揺を悟らせまいと、私は自分が平常心であることを主張した。

「き、きききき着替えるからっ！　シャールも早くしないと、仕事に支障が出るでしょっ!?」

支度を理由に、私はシャールを追い出しにかかる。

だが、シャールは首を横に振って答えた。

「そうでもない。モーター教と国王があの調子だから、しばらく暇になりそうだ」

「あら、そうなの？　だったら、新しい働き方を考えましょう。着替えたら相談に行くわ」

「ラム、耳も赤い」

「ほっといて!!」

私はシャールの背中を再びぐいぐい押し、なんとか彼を部屋の外へ追い出すことに成功した。

扉を閉めてきびすを返し、へなへなとその場にへたり込む。

（私、本当に、なんでシャールの前でだけああなっちゃうの!?　というか、最近のシャールはどうしてスキンシップが激しいの!?）

考えても答えは出てこない。魔法の方がよほど簡単だ。

私はしばらくの間その場から動けず、悩み続けていた。そして、答えを探すのをひとまず諦め、朝の支度を優先する。

（先に着替えてしまいましょ）

ラフな普段着を身に纏《まと》い、私は階段を下りてシャールの執務室へ向かう。だいたいそこへ行けばシャールがいるのだ。

（大丈夫。変な感覚はもう落ち着いたし、平常心、平常心）

自分に言い聞かせながら、扉をノックする。

やはりシャールは執務室にいたようで、私を中へ迎え入れてくれた。私は最近の自分の特等席である、リボン柄のクッションが置かれたソファーに腰掛ける。

「先ほどまでは、真っ赤だったが」

「ええ、おかげさまで、もう青白くは……」

「顔色は悪化していないな」

「……っ！」

話を蒸し返され、私の頬が再び熱を持ち始める。

「ち、違っ、それはっ」

「わかりやすく意識されるのは、悪くない」

私はあとから歩いてきたシャールをまじまじと見つめる。今、聞き捨てならない言葉が聞こえた。

「意識？　私がシャールを？」

「お前は私より長く生きているのに、そっち方面はさっぱりだな」

「そっちって、どっち？」

シャールは私を見下ろし、「これは先が長そうだ」とため息を吐《つ》いた。うやむやにされた気がする。

気を取り直し、私は以前から考えていた引っ越しプランをシャールに提案した。

国王や司教と険悪になってしまったため、これまで通りメルキュール伯爵家として暮らしていくのに困難が伴う可能性があるからだ。そうなった場合は貴族籍を剝奪されるだろうが、転居した先で楽しく魔法使い稼業をやっていく予定である。

私はいくつか転居先の候補を挙げていった。

「南の島なんてどうかしら。五百年前に師匠と旅行したことがあるんだけど、暖かくてなかなかよかったわ。森の中の隠れ家も素敵よね。シャールは、どこか行ってみたい場所はないの？」

「……海」

なんとなく意外に思った。

「仕事でしか行ったことがないが、落ち着く」

「そうね、海もいいわね」

「メルキュール家所属の魔法使いも減っている今なら、引っ越しもそれほど手間はかからないだろう」

引っ越し先の候補について話をしていると、双子が部屋になだれ込んできた。

「シャール様大変です。バルがとんでもないニュースを持ってきました」

「あ、奥様もいたんだ。朝から仲良しだね」

バルの言葉を聞いて、私はまた落ち着きをなくす。その様子を見てフエが意味ありげに微笑んだ。

「いい感じに進展しているようでなによりです、シャール様」

「奥様、わっかりやっすーい。なのに自分の感情に気づかないって」

「お聞きしたところ、奥様はたしか、エルフィン族に育てられたとか？　そのせいでは？　彼らの生態は人間とは異なるようですから」

「じゃあ、前みたいに気絶しないだけ進歩したって感じ？」

双子は言いたい放題だ。

「あ、そうだ。ニュースの話に戻るけど、モーター教の総本山が、レーヴル王国にちょっかいを出しているよ。あそこはこのままいけば第一王子が王位を継ぐ線が濃厚だったけど、今になって王弟を持ち上げてきたって……」

私とシャールは顔を見合わせる。最近教皇に会ったが、彼はそんな話はしていないし、匂わせてもいなかった。

「ランスは、このことを知っているのかしら？」

「教皇はまだ、ここの国の王宮に滞在しているはずだ。それに、あの感じだと他国に興味はなさそうだった」

「たしかに。面倒ごとには手を出さない子だから、別の人が動いた可能性もあるわね」

いろいろな意味でフレーシュが心配だ。めったなことではやられないと思うが、過剰防衛で街やモーター教を壊滅させてしまう恐れがある。

ニュースを持ってきたバルも、かつてない状況に困惑している。

（もともとレーヴル王国は、モーター教に目をつけられていたみたいだし）

カオが起こした魔法使い弾圧騒動がいい例だ。

「心配だから、様子を見に行ってみようかしら」

「お前は、また……」

「レーヴル王国にもモーター教にも私の弟子たちが関わっているわ。師匠としてやっぱり気になるのよね。状況だけ調べて、あの子たちだけで解決できそうなら手出しはしないから」

ランスの状況も、もう少し把握したいところではある。

彼に寿命を延ばす魔法を教えたという、枢機卿との関係も心配だった。

その枢機卿はエルフィン族で、今でも生きているという。

希少なエルフィン族には、めったに出会えるものではない。特に、魔法研究に明け暮れて、生涯引きこもることの多い、男性のエルフィン族には。

(もしかしたら、相手は私の知っている人物かもしれない)

不意に夢での記憶が鮮明になっていく。数々の魔法使いを廃業に追い込んだ張本人とモーター教の存在とが、妙に共通している気がして引っかかる。

「エポカなのかしら……？　そんなことないわよね？」

まだ情報は不十分だが、確認したいこと、知らなければならないことがたくさんある。

私の出した名前に覚えのない三人が不思議そうな顔をしている。

(皆には、話しておかないと)

シャールとのやりとりのせいか、私の心は夢を見た直後よりも落ち着いていた。

改めて、メルキュール家の皆を見て、彼らに真実を告げようと決意する。

「あのね、私が昨晩思い出した過去の記憶について、あなたたちと共有したいことがあるの。もしかしたらそれが、今のモーター教のあり方に繋がっているかもしれないから。弟子たちにも関わる話よ」

正直、気分のいい記憶ではないが、いろいろ巻き込んでしまったメルキュール家の皆には、知る権利があると思う。

「それって、奥様の前世の死因とかも、思い出しちゃったんだよね？」

「無理に話さなくても大丈夫ですよ」

双子もまた、私を気遣ってくれた。

「ありがとう、でもいいの」

小さく深呼吸した私は、これまで夢で見た内容を彼らに語った。

過去の私が、師であるフィーニスの跡を継いで宮廷魔法使いになったこと。

エポカというエルフィン族が現れ、彼の生み出した改悪アイテムが広がり、魔法使いの需要が減ったこと。

しかし、そのアイテムには恐ろしい仕組みが隠されていて、使用時に変質魔力がたくさん出て大気中に溜まり、ついにはそれが暴走をして人々が危機に陥ったこと。

ほぼ全ての記憶を、私は包み隠さず話した。

「……というわけで、変質魔力の暴発を防いで、前世の私は命を落としそうになって。それをエペとフレーシュ殿下が転生させてくれたみたいなのよ」

話を聞いた全員が言葉を失っている。

話しすぎて、ちょっと疲れてしまったが、体調が安定している。

今日はベッドへ逆戻りしなくても大丈夫そうだ。

「それで、私としては、エポカというエルフィン族が現在も生きているのか確認したいの」

また前世のように、改悪アイテムをばらまかれては困るし、これ以上の魔力持ちへの弾圧は防ぎたい。聖人候補の子供たちも助けに行かなければ。

「それと、ランスからも、もっと詳しく話を聞きたいわ。レーヴル王国の様子も心配ね」

次から次へとやることが出てきて大変だが、放っておくわけにもいかない。

「そういう理由なら、ラムに協力する。引っ越しは、あとからでもできるからな」

すると、話を聞いていたバルが「あ……」と声を上げた。

「そういえば、セルヴォー大聖堂の司教がクビになった事件が、大々的に公表されたらしいよ。とりあえず今は、リュムル枢機卿という人が、司教を代理でやっているとか……。パーティーで教皇が話していた内容が、本当になっちゃった」

ランスは有言実行したらしい。

そしておそらく、彼が無茶を言って、リュムル枢機卿がセルヴォー大聖堂の立て直しに奔走しているのだろう。

「あと、国王も変わるっぽいね。今の国王の親戚に」

部屋にいる全員が、黙り込んでしまった。

（あの子ったら、本当に国王と司教を変えてしまったのね）

おかげで国内は大混乱みたいだ。

「でも、市井ではここ数日、ずっと教皇の来訪を祝福する祭りが開かれているんだよ。カオスだよねえ」

「お祭り……」

こんなときでなければ、覗《のぞ》いてみたかった。

「ラム、祭りに興味が？」

「ええ。今世では行ったことがないから気になるの」

「人が多いだけのやかましい行事だ」

「そんな元も子もない」

メルキュール家の人たちは、イベントごとに興味はないらしい。

「私とラムは、様子を見にレーヴル王国へ向かうが、フエはこの家で待機していろ。何かあったときは、魔法ですぐ連絡するように。バルは引き続き情報収集に当たれ」

「わかった。でも、シャール様と奥様の、二人だけで大丈夫？」

「カノンを連れていく」

「ああ、彼なら、前回もレーヴル王国へ行ったから慣れているよね」

「使えないようなら送り返す」

またそんなことを言っている。

でも、カノンなら大丈夫だろう。近頃は彼もどんどん力をつけてきていた。それに、信頼できる自慢の息子だ。

私はカノンを呼びに行き、レーヴル王国の件を話した。すると、彼はすぐに快諾してくれる。

「わかりました。あそこの国は、もう一度訪れてみたかったんです」

「ありがとう、カノン。心強いわ」

私たちは前回と同じ転移魔法でレーヴル王国へ向かうことになった。

※

国に戻ってからしばらく経ち、フレーシュは王位争いの真っ只中《まっただなか》にいた。

一度王弟を牽制《けんせい》したのち、父王の同意を得て、次期国王として宣言したのが少し前。

それを聞いた王弟が、どこからか軍勢を従えて王宮に攻め込んできたのが数日前。

（それらは、全部凍らせたからいいとして）

問題はモーター教が、表だって王弟を支持していることだった。

あとは、国内の魔法使いを嫌う人々が、モーター教に請われて王弟が王位継承しやすくなるよう協力し合っている。

（まったく、国のことに口出ししてくるなんて。まあ、僕の敵ではないけど）

モーター教は聖騎士団を派遣してきたが、あきらかに優位にフレーシュは王位争いを切り抜けてきた。

だが、今朝は様子がおかしい。

外にいる部下の魔法使いたちが、敵に押されていると報告が上がった。彼らにはフレーシュが直接魔法を教えたので、並大抵の魔法使いなら手も足も出ないはずだ。

騎士レベルまでは、なんとか対処できるだろうと思っていた。

なのに、押されているということは、聖人以上の要因が発生した可能性が高い。

（何が起きているの？）

城内の管理を、近くに控える部下に任せ、フレーシュは前線へ転移する。

前線に到着すると、そこには聖人と聖騎士、そのほかの兵士たちがずらりと並んでいて……。

こちらを威圧するように攻撃魔法を放っていた。

あたりは民家のない荒野で、むき出しの地面がどこまでも続いている平地だ。ところどころ、小高い小さな丘があるだけで、互いに隠れる場所などない。

（聖騎士ではないモーター教の兵士も、多少の魔力がある者ばかりみたいだな。さすがはモーター教。魔力持ちを弾圧しておきながら……二枚舌）

フレーシュの怒りに反応し、氷の魔法が最前線で攻撃魔法を展開していた聖騎士たちを襲った。

（また感情を抑えられなかった。師匠から注意されたのに）

聖人は八人。先にレーヴル王国へ来ていた二人を除いたメンバーだろう。まだ補充はされていないようだ。

（聖人の第一位がどんなものかはわからないけど、二位以下は問題ないね。前に王宮へ来た聖人も、たいしたことなかったから）

厄介な相手から順番に片付けていこうと、フレーシュは算段をつける。

奥に待機している普通のモーター教の兵士は、全員不気味な静けさを保っていた。

（彼らを指揮しているのは誰だろう？）

見たところ、それらしき人物はいない。

不思議に思っていると、敵側の一番奥に大量の荷物が運び込まれてきた。がらがらと、何台もの荷車が続く。

（あれは何？）

開封された荷物の中身を兵士たちが順番に手に取っていく。見たところ、武器か何かのようだ。

フレーシュは望遠の魔法で、向こうの様子を探る。

（やっぱり武器だ。剣みたいな見た目だし、魔法使い相手では気休めにしかならないだろうけれど。あの武器の形状はどこかで見たような）

微妙にうねった形状の、光る剣。あまり実用的とは言えない、神経を逆なでするような嫌な形状。

望遠の魔法でさらに武器を拡大したフレーシュは、ハッと息を呑《の》んだ。

（そうだ、五百年前の改悪された魔法アイテム……！）

忘れもしない、アウローラの命を奪った道具。ドクドクと全身の血の気が引いていく。

（どうしてあれがここに？　過去に悲惨な大事件を引き起こした魔法アイテムなのに。師匠が命がけで事態を収拾して、国中の人間の命を守ったのに。僕らが全部壊したはずなのに……なんで、そんなものをモーター教が持っているの？）

怒りで吹き飛びそうになる理性を、懸命に押しとどめる。

（あれだけの事件を起こしておいて、誰も何も学んでいないの？　また使う気なの？　五百年経ったら、忘れてしまった？）

抑えきれず漏れた魔力のせいで、足下から氷の膜が四方八方に広がっていく。

（僕の前で、あんなふざけた魔法アイテムを使うなんて。一つ残らず潰してやる）

フレーシュは唇を噛んだ。

兵士たちが次々に改悪アイテムを起動させ、彼らの持つ武器の刀身が光を帯びていく。あの先端部分から魔法を発射できる仕様なのだ。

どこからともなく「突撃」の声が上がり、兵士たちが一斉に攻撃を開始する。

（くそっ、こうなったら僕が直接攻撃して、相手を全滅させる……！）

しかし、その瞬間、事件は起こった。

改悪アイテムでの攻撃を開始しようとした兵士が、どんどん真っ黒な煙に包まれ、方々で悲鳴を上げる。

放とうとした魔法が、逆噴射したようだ。

「なにっ？」

魔法アイテムの不具合だろうか。

兵士たちの混乱に聖騎士も若干巻き込まれている。ただ、聖人に動きは見られない。

（なんだ、これは？）

様子を探ろうにも黒い煙が多すぎて、何も確認できない。

フレーシュは部下たちに、一旦待機命令を出した。あんな得体の知れない状況の中に、突っ込ませるわけにはいかない。

しばらくすると、ようやく煙が引いてきたが、中から現れたのは兵士ではなく……。

「は？　なんだあれ」

フレーシュは瞬《まばた》きしつつ、信じられない光景が現実なのか確認する。

そこにいたのは大量の、やけにギラギラした金と銀の、大きなハリネズミの群れだった。

ハリネズミたちはパニックを起こしたように右往左往している。なんとなく、敬愛する師が見たら「可愛い」と喜びそうな気がした。

大量発生したハリネズミたちを、フレーシュはどうしたものかと眺める。

（放っておいても大丈夫そうかな。地面に落ちている武器は念のため回収して破壊しておいた方がいいかな）

部下に指示を出していると、不意に近くから濃い魔力の気配がした。振り向くと、最近喧嘩《けんか》別《わか》れした兄弟子がふてぶてしい態度で立っている。

にやにやと笑う彼の様子を見て、フレーシュは今の惨状の理由を察した。彼がわざわざ、大嫌いなフレーシュの傍に姿を現した理由も。

「どうだ、傑作だろ」

「うん、いい眺め。兄弟子殿の仕業だったんだ。ねえ、あの趣味の悪い形状の武器は、なんなの？　どうして今世にあれが存在するの？」

兄弟子なら何か知っているかもしれないと、フレーシュは彼に質問する。

「少し前、モーター教から俺のところへ、超短納期の依頼が来たんだ。武器となる魔法アイテムがほしいって」

それにしては、何もかもお粗末だ。

「五百年前に出た、改悪アイテムとまったく同じもんを作れって。……しれっと設計図を寄越されて。腹が立ったから見た目をそのままに、中身を改良してやった」

「それでハリネズミ……」

「ああいう、ちまちました生き物は、アウローラが喜びそうだろ。何匹か捕まえて、プレゼントする予定だ」

「たしかに、僕も同じことを思ったよ」

二人とも、アウローラの弟子だけあって、彼女の好みは熟知している。

「俺はこれから、このふざけた武器を発注したやつをシメに行くつもりだ。おそらくこの現場か、モーター教の総本山にいる」

「え、それなら僕も行きたい」

「お前、王位争い中だろ」

「モーター教がいなければ、相手は王弟だけになる。部下だけで余裕だよ？　好きなときに王位に就けるように、すでに根回しは完了しているんだ。だって、完璧な状態で師匠を迎えたいし。師匠にケチをつけそうな連中は、予め潰しておかないとね」

「そういうところだけ周到だな」

「うん。前世と同じ過ちは犯さないように、自分の居場所は掌握しておくのがいいかなって」

五百年前、フレーシュ……もとい、グラシアルと当時の国王は親子だった。

信念のない事なかれ主義の国王と、魔力の多さゆえに虐げられてきた第二王子。

二人の仲は修復不可能なくらいこじれていて、フレーシュはある程度王宮に嫌がらせをしたあとは極力関わらずにいた。

あのとき、全部潰して自分が王位に就いていれば、アウローラの助けになれたかもしれないのに。

五百年前の自分の未熟さを、フレーシュはずっと悔いていた。

だから、今度は絶対、同じ道を辿《たど》らないと決めた。

今世こそ、自分が国を治めて、アウローラに幸せな暮らしを提供するのだ。

あれから、入念に準備を整えた私たちは、メルキュール家からレーヴル王国へ転移した。

今度は馬車なしで、身一つの転移である。降り立った場所は前回と同じ街の中だった。

しかし、バルの言っていた王位争いの影響か、街は驚くほど静かだった。きょろきょろとあたりを見回していたカノンがとある方向を指さして口を開く。

「母上、あそこに雪雲が見えます。レーヴル王国は普段雪なんて降らないし、あの場所だけ雲があるのも変です。不自然だと思います」

「たしかに。行ってみましょう」

私たちは三人揃《そろ》って雪雲がある方向へ進む。大規模な雪雲の発生には、フレーシュが絡んでいるかもしれない。

「大体の座標は確認した。ちまちま歩いていても仕方がない、もう一度転移するぞ」

シャールの魔法で全員がその場から移動した。

(やっぱりシャールって、とても器用だわ。座標の指定とか、今や私よりも丁寧だし)

覚えた魔法を即座に実践できるなんて、それもほぼ全ての魔法でできてしまうなんて……本当に潜在能力がすさまじい。

「ラム、体調に変化はないか?」

「ええ、今日も具合は悪くないわ」

記憶が完全に戻ってからの私は、以前ほど体調を崩さなくなっている。

「魔法は私が使うから、ラムは極力指示だけを出すようにしろ。また体調に影響が出るかもしれないからな」

「心配性ね。でも、あなたがそう言うなら、甘えさせてもらうわ」

転移した先では、レーヴル王国の兵士と、モーター教の兵士が睨《にら》み合っていた。どうやらここが争いの中心のようだ。

シャールは全貌を見渡せるよう、私たちごと空中に浮かんで、周囲の状況を確認している。私とカノンは、シャールのおかげで魔法を使わなくても浮かんでいることができた。

雪が降っているせいで、かなり肌寒い。私の様子を見たシャールが、自分の上着をかけてくれた。

「ありがとう」

「これくらいの寒さなら訓練で慣れている。別の場所へ移動するか？」

「フレーシュ殿下を捜したいわ。これはたぶん、あの子の魔法だから」

この寒さだ。彼はきっと近くにいる。

眼下を見下ろしていると、モーター教の兵士のもとに何かが運ばれてきて、彼らが一斉にうねった剣の形をした物体を手に取るのが目に入った。

「あの形は……もしかして改悪アイテムの武器!?　なんであんな場所にたくさんあるの？」

私は兵士が持った武器を見て息を呑《の》む。嫌な形で予想が当たってしまった。

「武器だと？　あのような形状のものは見たこともないが……過去にあった魔法アイテムなのか？」

シャールは戸惑いがちに私に告げる。カノンもそわそわしていて不安そうだ。

「あれは、五百年前にエポカというエルフィン族が広めたものと同じ改悪アイテムなの。前に夢で見たアイテムのうちの一つと、まるきり同じ形だわ。きっと現代で製造されたのね」

「と言うと、変質魔力とやらを出すアイテムということか。使わせたらまずいものなのだな？」

「ええ、だからなんとか止めなきゃいけないんだけど……！」

今いる場所から距離がある。

（転移で間に合うかしら。座標は……）

過去にはあのアイテムが、魔法を使えない騎士や兵士や、実力のない魔法使いに大量に配られ、皆がそれを頻繁に使ったせいで国内は大混乱。アイテムから出た大量の変質魔力の影響で、各地で災害が起こり、人々の体調にも悪影響が出ていた。

（なんであんなものがここにあるのかわからないけど、早く止めなきゃ！　五百年前と同じ過ちを繰り返させるわけにはいかない）

そう思った瞬間、兵士たちが改悪アイテムを一斉に構えた。

（……っ！　間に合わない！）

私は真剣に焦った。

しかし、いつまで経《た》ってもなんの魔法も出てこない。不発だったのだろうか。

魔法アイテムを介した変質魔力の発生もないようだ。

（そもそもの魔力の変質がうまくいかなかったのか、変質魔力の発生すら感じられない。五百年前のアイテムだから、現代の知識では、上手に再現できなかったのかしら）

観察していると、武器の先端から真っ黒な煙が吹き出し始めた。

（なにかしら？　変質魔力ではないようだけど）

煙はもくもくと広がり、兵士を包み、辺り一帯が見えなくなってしまった。

私たちがいる場所は大丈夫だが、前方は真っ黒で中がどうなっているのかわからない。

「母上、消火しますか？」

尋ねてきたカノンを見て、私は首を横に振った。

「いいえ、もう少し待って。あれは燃えているわけではないと思うの」

あの煙からは火魔法というより、闇魔法の気配を強く感じる。私は注意深く様子を見守った。

すると、消え去った煙の中から、大量のハリネズミたちが飛び出てきた。しかも、皆、キラキラ……いや、ギラギラと体毛が光り輝いている。

「まあ、珍しい品種！」

私は両手を口に当てて、喜びの声を上げた。持って帰りたい……！

「いや、どう考えても、何かの魔法が関係しているだろう。兵士どもの姿が軒並み消えているぞ」

横からシャールの冷静な指摘が入り、私もハリネズミを見てうきうきしていた心を落ち着ける。

「あの魔法アイテムは武器ではなく、兵士をハリネズミに変えるものだったのね。見た目が改悪アイテムの武器そっくりだったから、警戒しちゃった」

「だが、誰が何のためにハリネズミを？　モーター教がそんな真似《まね》をするメリットはないが」

「フレーシュ殿下の魔法かしら。ちょうど今、モーター教と不仲だし……でも、細かいことが苦手なあの子らしくないわね」

魔力量の多いフレーシュは、兵士をハリネズミに変えるなどという細やかな魔法は苦手なはずだ。どちらかというと、水魔法の大技で、相手を流し去るか凍らせるのではないかと思う。

「細やかな闇魔法といえば、得意なのはエペだけど。あの子がフレーシュに力を貸すとは考えにくいのよね。利害の一致でもしない限りは……」

でも、ギンギラのハリネズミから連想できるのは、やはりエペしかいない。可愛《かわい》く綺麗《きれい》なハリネズミたちは、私の好みのど真ん中だ。

「可愛い。欲しい」

思わず呟《つぶや》くと、近くにいたカノンが「駄目です」と声を上げた。

「母上、正気に戻ってください。あれはもとモーター教の兵士です！　うちでは飼えません」

「そうだぞ、ラム。あれは人間の男だ、ハリネズミではない」

子供と夫の二人に諭された私は、渋々ハリネズミを諦めた。

ハリネズミたちは混乱した様子で右往左往している。ギンギラの皮膚は硬いようで、今のところ怪我《けが》はなさそうだが。

「はあ、ハリネズミって本当に可愛いわねえ。あら、フレーシュ殿下を発見したわ。それにエペも

「……」

私の声に、シャールが表情を曇らせる。

「仲の悪い二人が一緒にいるなんて、きっと何か事情があるのね」

私たちは彼らに近づいてみることにした。

だが、その途中で衝撃の光景を目にしてしまう。なんと、聖人や聖騎士が柄の悪そうな集団に襲われているのだ。

（聖人を襲うなんて危ないわ……って、あの人たちは）

嫌に見覚えのある集団のメンバーは、エペの弟子兼、商会の従業員たちだった。

（どうして他国まで出張してきているの？）

オングル帝国にいるはずの彼らは、全員が商会の制服らしきフードを被《かぶ》り、楽しげにモーター教徒たちを追い回している。

追われている聖人らしき人物は、慌てふためきながら部下に指示を出していた。

「くそっ、わけがわからん！　強力な氷魔法に武器の不発、増殖する趣味の悪いハリネズミ!!　こいつらはこいつらで、聖人や聖騎士しか使えない魔法をバンバン放ってくるし！　ここは一旦引いて、枢機卿《すうききょう》の指示を仰ぐぞ！」

彼に従う騎士たちが、必死に返事をしながら後方へ続く。

「本来なら俺たちが優勢だったのに。クソ商人共が、欠陥アイテムを摑《つか》ませやがって！　どうして古代の優れた魔法アイテムが、ハリネズミ大量生産アイテムになっているんだ！」

聖人は憎々しげに、エペの部下たちを怒鳴りつける。すると、フードを脱いだ彼らは、揃ってゲラゲラと大笑いし始めた。

「ギャハハ、改造アイテムの実験成功じゃん!?　エペの旦那のもくろみ通りだな！」

「ギンギラのハリネズミ、かっけえ！　なあなあ、何匹か捕まえてきていい？　売ろうぜ！」

「馬鹿！　途中で元に戻ったらやべえだろうが！　うちの商売は信用第一なんだよ」

エペの部下たちは聖人を無視し、仲間内で盛り上がっている。

「お前たち、これはどういうことだ！　欠陥アイテムを納品して、モーター教に刃向かう気なら、ただで済むと思うな！」

聖人は怒りを露《あら》わにし、エペの部下たちに抗議する。

なんとなく事情が読めてきた。

あのハリネズミを生産するアイテムをモーター教に納品したのは、エペの商会らしい。

（たぶん、エペはわざと改造したアイテムを渡したんだわ）

五百年前と同じ構造の武器を私の弟子が作るはずがない。商会に依頼が来た時点で、エペは依頼されたとおりの武器を納める気など一切なかったのだろう。

結果、逆噴射してハリネズミを大量生産するファンシーなアイテムができあがったようだ。さすが、私の一番弟子。

聖人や聖騎士は尚《なお》も怒り続けているが、エペの部下はゲラゲラと楽しそうに笑うばかりだ。

「俺らは、エペの旦那についていくだけだしー？　てか、モーター教なんでどうでもいいし。なあなあ、この調子でハリネズミ増やさねえ？」

自由に動き回る彼らは、続いて荷車に残っている、予備の魔法アイテムに目をつけた。

「でもさぁ、ボスが『アイテムはモーター教のやつらにしか使っちゃ駄目だ』って言ってたぜ。レーヴルの兵士に使うのは禁止だと」

「じゃ、聖騎士と聖人ならオッケーってことだな？」

「そういうことだ。ほとんどハリネズミになっちまったけど、あそこにまだ残っているな」

「ヒャッハー！　獲物みっけ～！」

レーヴル王国とモーター教が対立する場所に、また新たな混乱が巻き起こった。

私は移動しつつ、空からエペの部下たちの様子を見守る。

彼らはエペから魔法を習っただけあってなかなか強く、手助けする必要はなさそうだ。

「あはは、人がどんどんハリネズミになっていくぅっ！　聖人って大したことねえんだなあ。エペの旦那の方が千倍強えわ」

「いや数億倍だろ。見ろ、残った聖騎士どもが逃げていくぞ」

「回り込めっ！　回り込めーっ！」

エペの部下たちは抵抗する聖人や聖騎士の手に、魔法アイテムの武器を無理やり握らせた。そして、強制的にアイテムを起動させる。

「ハリネズミ砲、発射！　あっひゃっひゃっ！」

この日、彼らはたくさんのハリネズミを生み出し、大地をギンギラに染めた。

ついでに記すならば、刺激の強すぎるこの光景は歴史に残り、後世まで語り継がれることとなった。

「こっちは、放っておいても大丈夫そうね。私たちは向こうへ行きましょう」

大量発生したハリネズミによる大混乱の中、私はシャールやカノンと一緒に、二人の弟子のもとへと移動する。

（今日は体調が悪くなくて助かったわ。することがいっぱい出てきそうだもの）

ハリネズミになったモーター教徒だけでなく、残されたレーヴル王国の兵士まで動転しており、地上は大変なパニック状態になっていた。

そんな中、私の二人の弟子たちは、周囲を無視して話し込んでいる。

「エペ！　フレーシュ殿下！」

上から声をかけると、二人がハッとして、猛烈なスピードでこちらを向いた。

「アウローラ!?　てめえ、こんなところに来たら危ねえだろ！　帰れ！」

「師匠！　もしかして僕を心配して来てくれたの!?　好き！　結婚して!!」

今日も二人は、いつも通りだった。五百年前から変わらない弟子たちの反応を見ると、どこか安心してしまう。

私はシャールに頼んで、二人の正面に着地してもらった。カノンも一緒に地上へ降りる。

ここはハリネズミたちがいる場所から、少し距離があった。エペの部下たちによる混乱に巻き込まれることもない。

「ねえ、向こうにあったハリネズミ生産アイテムはエペの魔法？」

おそらく一番事態を把握できているであろうエペは、モーター教の兵士の様子を確認しつつ、私の問いかけに答える。

「ああ、あれは俺の魔法だ。依頼された改悪アイテムに仕込ませてもらった」

「あのアイテムは五百年前に使われていたものの一つだけど、あなたの部下たちが納品したってことは……エペがモーター教の持ち物に魔法を仕込んだのよね？」

「お前の想像通りだ。モーター教のマヌケどもが、あろうことか改悪アイテムの製造をうちに依頼してきたんだよ。ご丁寧に設計図まで寄越《よこ》してな。おかげでこっちは、好き勝手に改造し放題だ。なかなか楽しい仕事だったし、部下どもも喜んでたぜ？」

アイテム作りを楽しめたようでなによりだ。

「エペは昔から、魔法やアイテムの改造が大好きだものね」

かつて、器用な彼はよく、不思議なアイテムを作っては披露してくれた。

「ところで、お前はまた旦那連れか。そっちのは誰だ？」

弟子たちを前にしたシャールはいつもの仏頂面になり、カノンは緊張した様子を見せている。

カノンとエペは初対面だ。

「私の息子を怖がらせないでちょうだい」

息子と聞いて、エペは「ああ、養子か」と納得したみたいだ。彼は事前に私についての情報を調べている。

「カノン、彼は私の一番弟子のエペ。口は悪いけど、子供を攻撃するような子じゃないから大丈夫」

エペは興味津々の様子でカノンを観察していた。

「へえ、得意属性は水魔法か。グラシアルの馬鹿より見込みあるんじゃね？」

兄弟子の暴言にフレーシュがむっと眉をつり上げ冷気を漏らす。

「二人とも、今は喧嘩《けんか》をしていい状況じゃないわ」

私はエペたちをたしなめた。

「状況をまとめると、レーヴル王国にモーター教が攻め込んできたのよね？　で、その戦いでモーター教は、五百年前の改悪アイテムを使おうとした」

「ああ、そうだ」

どうしてモーター教にだけ五百年前の知識があるのか、ずっと疑問だった。

教皇であるランスが、ろくに活動していないというなら……やはり彼の言っていた、枢機卿と関係がありそうだ。

私の頭の中に再び、夢に出てきたエポカの存在が浮かぶ。

「でも、モーター教は改悪アイテムの製造をエペに一任しちゃったばかりに、ハリネズミ生産魔法のかかった、改造アイテムを掴まされてしまったと」

「その通り。変質魔力を出さない完璧なアイテムだ。アウローラはああいうの好きだろ」

「ええ、ハリネズミは大好きよ！」

向こうを見ると、先ほどよりもさらにハリネズミが増えていた。知らない間にエペの部下たちが活躍したらしく、決着はすでについたみたいだ。残されたレーヴル王国の兵士たちは、おろおろしながら撤退を始めている。

「フレーシュ殿下は大丈夫？　国の内部も大変なことになっているみたいだけど」

私は二番弟子を見つめて言った。

「うん、こっちは決着がついたし、城内も部下たちが上手《うま》くやってくれているはずだよ。あとは僕が……」

彼がそこまで話したときだった、不意に新たに大きな魔力が感じられたのは。

不自然に強大な魔力。それに気づいた弟子たちが、各々の部下を素早く撤収させる。

「シャール、あのハリネズミたちも避難させてあげたいわ」

「……仕方ないな」

「ありがとう」

シャールは新たに覚えた風魔法でハリネズミを包み込み、後方へ避難させることに成功した。

カノンは大きな魔力が感じられる方向を見据えている。

「この魔力、あいつじゃないのか」

シャールがカノンと同じ方向を向いて顔をしかめた。

魔力というのは、個々人の性格や得意魔法の属性により特徴が出やすい。

例えばシャールだと硬質で透き通った感じがする魔力だし、カノンだと柔らかで落ち着いた魔力だ。ちなみに私のは師匠曰《いわ》く、つかみ所がなく自由に広がっていく印象の魔力らしい。

そして、今感じているのは、安定しているが本来あるはずの個性がほとんど感じられない、真っ白な魔力だ。

「ええ、シャール。あなたの考えたとおりだと思うわ」

この特徴が感じられない魔力こそ、無属性魔法を得意とするランスのものである証拠だ。

無属性魔法は通常、魔法アイテムから発せられるもので、人の魔法では再現できない。

だが、ランスは生まれながらに無属性魔法を使うことができた特殊例だった。

そのため、魔力も他の魔法使いにはない個性がある。

(私が教えたから、後天的に他属性の魔法も扱えるようになったけど)

もちろん、今でも彼の得意な属性は無属性であることに変わりはない。

ランスは王城で魔法を披露したため、シャールも彼の魔力を覚えていたのだろう。

やがてモーター教の兵士たちがいた場所に、新たな人物が二人転移してきた。そのうち一人は、私が予想していた通りの相手だ。

「ランス……やっぱり、あなただったのね」

私は遠くから彼を見つめる。おそらくテット王国から転移してきたのだろう。

教皇の衣装を身に纏《まと》った三番弟子は、これまでにないほど大きな魔力を背負って、レーヴル王国の大地を踏みしめていた。

私の呟いた「ランス」という名前を聞いて、二人の弟子が瞠目《どうもく》する。彼らは以前の私同様、弟弟子はすでに寿命を終えていると思っていたのだ。

五百年前の世界で暮らして、そこで天寿を全うしたはずの三番弟子。

延命魔法の知識を手に入れた彼が、現在まで生きていること、そしてモーター教の教皇という地位にいたことはまだ、私やシャールたちしか知らない。

「弟弟子殿も、転生していたの？」

フレーシュの問いかけに、私は首を横に振る。

「いいえ、彼は違うの」

何かを察したエペが顔をしかめる。

「延命なんて複雑な魔法、あいつに使えたのか？　五百年前は普通の魔法すら、ろくに扱えなかったのに」

ここから離れた場所に立つランスは、一歩一歩前に進み、荒れた大地の一角を見渡す。

しかし、彼ともう一人のほかには誰もいない。モーター教の兵士や聖騎士、聖人たちは皆、ハリネズミになってしまったからだ。

しばらくじっとしていたランスだが、不意に私たちに気づいたように顔を上げた。

「いきましょう」

私たちは今回のことを聞くため、シャールやカノンと一緒にランスに近づいていく。二人の弟子もついてきた。

ランスもまた、魔法で体を浮かせ、こちらへ向かってくる。

そうして、今世で初めて私と、弟子の三人が全員揃った。

懐かしさから、こんな状況にもかかわらず、自然と微笑《ほほえ》みが浮かぶ。私にとって三人の弟子は、我が子のような大切な存在だから。今世で彼らと出会えて本当によかった。

ランスは二人の兄弟子をチラリと確認したあとで、私の方を向いた。

「先生もこちらにきていたのですか？　旦那さんと……そちらは息子さん？」

シャールやカノンは、やや警戒した様子でランスと相対する。

「お久しぶりです」

朗らかに挨拶するランスを見て、シャールは冷静に彼に問いかける。

「……モーター教を辞めるんじゃなかったのか？　なぜ、そんな恰好《かっこう》でここにいる」

「教皇となれば、辞めるまでに片付けなければならないことが山ほどあるんです。面倒なことに。あとはグラシアル先輩への嫌がらせですね。私に黙って先生を呼び出したり、先生のグッズを広めたり……いろいろずるいです」

「ランス、嫌がらせにしても、これはやりすぎよ」

私は横から口を挟む。

指摘されたランスは素直に謝った。

「話は変わるけど、あなた、本当にテット王国の国王と司教を別の人に変えちゃったのね」

「ええ、先生に失礼な真似をするなんて許せませんから」

この間会ったときと同じような、穏やかな雰囲気の三番弟子。

しかし、ランスの表情が、前より幾分か曇っている気がして、私は彼が心配になった。

前回と今回の大きな違いといえば、エペやフレーシュがいることや、他のモーター教徒の存在があることとだろうか。

「ランス？　この前と様子が違うから少し心配だわ。何かあった？」

「先生の気のせいですよ」

ランスはそう言うが、私にはどうにもその言葉が信用できなかった。

彼が兄弟子たちを見る目が、若干剣呑《けんのん》なのも気になる。ランスがシャールやカノンを見る目とは、あきらかに異なり敵意がある。

（さっきの『嫌がらせ』発言といい、心配ね）

そして、エペとフレーシュもまた、物言いたげにランスを睨んでいた。彼が教皇の服を身に纏っていて、モーター教の陣営に姿を現したからだろう。二人はランスの生きてきた経緯を知らない。

「お前、そんな服を着て、どういうつもりだ。モーター教に改宗したのか？」

エペが弟弟子を睨み付ける。

「冗談にしても、たちが悪いね。師匠が悲しむよ？」

フレーシュもまた、ランスを真正面から批判した。

二人の兄弟子の言葉を聞いて、ランスは「ふ……」と静かな笑みを浮かべる。

五百年前には目にしたことのないような、酷《ひど》く荒《すさ》んだ微笑みだった。まるで、絶望や憎しみや怒りを全て織り交ぜたような、それでいてどこか諦めたような暗い微笑みだ。

「モーター教なんて、どうでもいいんです。あれは、僕に延命の魔法を教えて、生活の面倒を見てくれるだけの組織ですから」

どう考えても違う。

けれど、ランスにとっては紛れもなく、そういう団体だったのだろう。

生い立ちゆえに、ランスには物事をばっさり割り切った部分がある。

「先生、僕は先輩たちと大事なお話をしたいです。旦那さんや息子さんと一緒に、席を外してはいただけないでしょうか」

「……私には聞かれたくないの？」

少し不満に思って問いかけるが、ランスは「すみません」と言って微笑むだけだ。

「わかったわ。穏便にお願いね」

そう答え、シャールたちと一緒に、やや距離を置く。

弟子たちは全員、不機嫌そうな顔で見合っていた。今のところ、喧嘩に発展する気配はない。

「ラム、そんな顔をしなくても、あいつらは全員いい大人だ。話し合いくらいはできるだろ」

シャールが、はらはらと落ち着きなく弟子の方を見る私を慰めてくれる。

「でも、私にとっては、いつまでも子供のようなものなの」

カノンがぽつんと、「あの人たち、すごく報われないですね」と呟いた。

言葉の意味を考えていると、不意にシャールが動く。見ると、彼は遠くに注意を向けていた。

「もう一人、向こうにモーター教の者がいたな」

彼の言葉を聞き、私はランスと一緒に来ていた人物の存在を思い出す。

「少し距離があって、顔がはっきり見えないわね。ランスは雰囲気でわかったけど」

その人物は、新たに持ってきたらしい荷物を、ごそごそと漁《あさ》っている。

未開封の巨大な箱をせっせと手で開封しているみたいだ。

(魔法が使えないのかしら)

聖人や聖騎士ではなさそうである。

しかし、開封されて出てきたものを目の当たりにした私は、思わずそれに向かって光魔法を打ち込んでいた。突然の私の行動に、シャールとカノンが唖然《あぜん》とした顔でこちらを見ている。

自分でも無意識の行動だった。

急に魔法を放ったことに驚いたのか、弟子たちも私の方を振り向く。

私はハッと我に返り、皆の方へ視線を向けた。

「ごめんなさい、びっくりさせちゃったわね。私も、自分の行動にちょっとびっくりしてる」

「ラム、理由もなく魔法を放ったわけではないだろう」

一人冷静なシャールは手を差し伸べ、彼なりに私を落ち着かせようとしていた。

「お前が魔法で破壊した、あの物体はなんだったんだ?」

彼の言葉に、私は気を取り直し口を開く。

「あの中身、さっきモーター教の兵士が持っていた魔法アイテムと同じで、五百年前に使われていた武器だったの。種類は違うけど原理や悪影響は同じ……。エペの部下たちが持ってきたものではなさそうだから、きっとあの人が別で用意した品なのね」

変質魔力を振りまく改悪アイテムの一つが、あそこへ運ばれていたらしい。

ランスと一緒に転移してきた男は、今度は別の荷物を開けようとした。また、過去に見たことがあるような改悪アイテムが出てくる。当時、魔法使いに限らず、誰でも強力な攻撃魔法を使えるようにするという方針のもと、作られた武器の一つだ。

「母上、あのアイテムを攻撃すればいいですか？」

カノンの言葉に私は頷《うなず》く。

「無理のない範囲でお願いできる？」

「任せてください」

言うなりカノンは魔法で全ての荷物を完璧に凍らせた。彼の目は使命感で輝いている。

「魔力の配分が上手になったわね、カノン。全部綺麗に凍っているわ」

褒められたカノンが嬉《うれ》しそうで可愛い。だが次に放った言葉は、なかなか辛辣だった。

「次はあの人を凍らせればいいですか？　話の流れからすると、悪人なのですよね」

「うーん……。そうしたいところだけれど、ちょっと待ってちょうだい」

改悪アイテムの開封を阻まれた人物が、ランスに向かって何かを訴えている。兄弟子たちと話していたランスが顔を上げた。

「困った人ですね」

話を切り上げ、ランスはモーター教の仲間のところへ転移する。ランスともう一人のほかに、モーター教のメンバーはいない。二人に助けを求めるように、近くで右往左往していたハリネズミたちも移動し始めた。魔法で姿を戻してもらえると思っているのかもしれない。

「シャール、カノン。二人の話が気になるから、近づいてみましょう」

「わかった。私が運ぶ」

シャールの浮遊魔法で、私たちもランスに近づいた。後ろからエペやフレーシュも追ってくる。

ランスは自分にまとわりつくハリネズミの群れを、うっとうしげに見下ろしていた。

ハリネズミたちは必死に助けを求めているというのに、彼の目はどこまでも冷たく無関心である。

この間のお説教は、ランスにさほど効いていないらしい。

「あなたたち、私に何を期待しているのです？　私は万能ではないし、先輩の作った厄介な魔法を解く力なんてありません。教皇に夢を見すぎですよ。もういい加減、気づいてください……モーター教はそこにいる枢機卿が勝手に作った宗教ですし、モーター神も彼が作り上げた虚構の存在だ。そんなものに縋《すが》って、本当に可哀想《かわいそう》な方たちです」

身も蓋もない言いようだ。冷たく言い放たれたギンギラのハリネズミたちは、一様にショックを受けているように見えた。

（ハリネズミが可哀想になってきたわ。反省できた子から、あとで戻してあげましょう）

人の姿に戻れたとして、彼らに行き場があるかどうかはわからない。モーター教の教えは根深く、脱却するのに時間がかかるだろう。

複雑な思いでハリネズミたちを眺めていると、ランスと一緒にいた、もう一人の人物が私たちを指さした。

「ランス、さっさとあの者たちを始末しなさい！　この時代の魔法使いなら、実力はあなたの方が上でしょう？」

甲高く頭に響く、どこかで聞いたようなしわがれた声だ。

考えていると、風が吹いて彼の被っていたフードが外れる。そうして、眼鏡をかけた神経質そうな、淡い髪色の男性の姿が露わになった。

「……っ！　あの人！」

彼の顔を私は知っている。

正確には五百年前の顔だが、人相は今とそう変わらない。

「エポカ……」

向こうもこちらを見て、驚いたような顔を見せた。私を覚えているのだろうか。

「おやおや？　どこかで見たような顔だ。どこだったか……」

じっと虚《うつ》ろな瞳で、エポカは私を観察し続ける。

「覚えてないのならいいわ。五百年も経っちゃったものねえ？」

面識はあったが親しくはなかったし、顔を覚えられていないとしても仕方がない。

そもそも、エルフィン族は、外界への興味が薄い種族だ。

(師匠も興味がないことは、何度話しても、ぜんぜん覚えていなかったっけ)

エポカが私を忘れていたことで、エペとフレーシュから、ものすごく剣呑な空気が放たれている。

意味深な言葉から何かを感じ取ったのだろうか、エポカは答えを求めるようにランスを見つめた。

ランスはいつも通りの、穏やかさを含む微笑みを張り付けてエポカを見返す。

「私は目的を果たしましたので、あなたとの契約も今日で終わりです。もう命令は聞きませんよ」

エポカは僅かに動揺している。

なんのことだろうと、私はランスの話の続きに耳を澄ませる。

「これまで、エポカの身の安全を守ることと引き換えに、私は『世界で一番大切な先生』を見つけるための、延命魔法を中心とした知識を得てきました。でも、五百年の時を経て先生は見つかりましたから、これ以上、モーター教の教皇としてあなたを守る必要がなくなったのです」

淡々と話すランスの言葉を聞き、エポカは疑わしげに目を光らせる。

「まさか、この女があの、アウローラだとでも言うのか？」

彼は私を見て、信じられないという顔になった。

「ええ、その通りです。エポカ、今までご苦労さまでした」

清々《すがすが》しい笑顔を、ランスはエポカに向ける。

私は二人の会話を聞きながら首を傾《かし》げる。

「待ってくれ、いきなりそんなことを言われても困る。この女は偽物だろう。転生魔法なんて、代償なしに成功するはずがないのだ」

エポカはランスに訴えた。

（通常なら、転生魔法なんて成立しないものね）

ただ、その魔法が存在するということは、成立させる方法があるのだ。

魔法の中には、魔力や技術のほかに足りない分を、生《い》け贄《にえ》などの代償で補う類いのものがある。大抵は一生に一度使うか使わないかの大がかりな魔法な上、難易度が高くほとんどの魔法使いには扱えない代物だ。私も使ったことはない。

しかし、エペの転生魔法は奇跡的に成功した。フレーシュの膨大な魔力や、エペ自身と私の命を引き換えに。

それは、私があの夢で一番ショックを受けた場面だった。夢の中で私は、エペが自分の喉を掻《か》き切った光景を目の当たりにしたのだ。

しかも彼のあとを追ったフレーシュの行動により、さらに魔法が強化された。偶然が重なり転生魔法が三人分成功したという異例の状態になっている。

「エポカ、あなたという人は。最初から『転生魔法など成立せず、先生が蘇《よみがえ》ることはない』という前提で私と契約したんですね。まあいいですけど、約束は果たしましたよ」

ランスは今まで見たことのないくらい冷たい表情を浮かべている。

「私はあなたに延命魔法を始めとした魔法知識を求めて、自分の寿命を延ばした。代わりに、あなたは何があってもモーター教の、しいてはあなたの用心棒で居続けることを私に求めた。約束の期限は先生が見つかるまで。これで契約は終了です」

言い終わると同時に魔法処理を施された、光り輝く契約書が空中に浮かび上がり、そして破裂した。

「これって、魔法契約？」

私は驚いてエポカたちを見た。

魔法契約は昔よく使われた方法で、特殊な魔法アイテムの契約書に、互いの魔力を吸収させて誓いを立てる。破った際のペナルティーは恐ろしく、致命的な魔法攻撃に晒《さら》されることになる。最悪命を落とすこともあった。

ちなみに、魔法使いの衰退と共に魔法契約も廃れたようで、現在はその面影すら残っていない。

三番弟子はエポカと魔法契約をしたから、モーター教の教皇で居続けていたようだ。

契約の切れたエポカは、焦った声を出す。彼にとって今の状況は、本当に想定外なのだろう。

「ま、待て……！」

「実は私、あなたのことが大嫌いです。利用させてもらった身ではありますが、あなたは先生に害しか与えないと思うんですよねえ。そういうわけで、いなくなった方がいいと判断します……さようなら」

にっこり笑ったランスは、エポカ目がけて容赦なく雷魔法を放った。

昔の彼は他属性の攻撃魔法が大の苦手で、必要最低限の弱い魔法しか使えなかったが、五百年の間に難なく扱えるようになっている。

五百年間、ずっと一緒にやってきたであろう相手に、ランスは一切の手加減なく雷魔法を放ってしまった……。私はその光景を信じられない思いで見つめる。

「はあ、つまらぬものを消し去ってしまいました」

ランスは心底そう思っている様子で、かったるそうに腕を回して首を鳴らす。

続いて彼は兄弟子二人に向かって、攻撃魔法を放つ構えをとった。唐突な彼の行動を見て、私はぎょっとする。

「さっきも言いましたが、私は先輩方お二人に腹を立てています。ずるい……！」

エペとフレーシュも、言われっぱなしになっている気はないらしい。

「何が『ずるい』だ。五百年前のお前が使えないやつだった……ってだけの話だろ。甘ったれるな」

「そうだよ。君ってば、基本的な魔法ですら、半分は失敗していたじゃないか。師匠の転生に、ろくに魔法を使えない人間を関わらせるわけがないよ」

彼らはランスに応戦する気のようだ。揃って攻撃魔法を放とうと構えている。

「あなたたち、やめなさい！」

いつものように、私は弟子の喧嘩を止めようとするが、意外にもランスがそれに抵抗した。

「先生、止めないで。私は五百年前にヴァントル王国であなたが倒れてからずっと、苛立《いらだ》ちが収まらないんです。私を置いてけぼりにした先輩たちが憎いし、あなたの犠牲の上で成り立った世界も憎いし、あなたへの恩を忘れて同じ過ちを繰り返すモーター教の人たちも憎い。彼らの思い通りに操られて魔法使いを迫害する人々も守るに値しないと思います。けれどなにより、無力な自分自身が一番憎かった」

今にも泣いてしまいそうな彼を前に、私は言葉をなくす。五百年間孤独に過ごさせてしまった負い目から、私はどうにもランス相手に強く出られない。

その隙を見て、ランスは兄弟子たちに向けて光魔法を放った。

しかし、エペもフレーシュもそれを器用に避ける。

「ねえ、先生。五百年って、すっごく長いんです。気が遠くなるほど」

私はランスの胸の内を思い、やはり何も言えなくなってしまう。

前に屋敷に来たときの彼は、そういった感情を綺麗に隠していた。だが、何も感じていないはずがなかったのだ。

「だから、私はあの頃のままではいられなかったんです。あなたに会えてとても嬉しいのに、悲しくて、腹が立って、もう自分で自分がわからない」

頭を抱える彼の姿は、切実に救いを求めているように見えた。

（なんとかしてあげたい。でも、どうすれば……）

私はそんなランスにそっと歩み寄って、項垂《うなだ》れる彼の頭に手を伸ばした。

「ランス、ずっと一人にしてごめんなさい」

五百年前、私が倒れたりしなければ、エペとグラシアルは死なずに済んだ。ランスがひとりぼっちになることもなかった。モーター教だって生まれなかったかもしれない。

（もっと早く手を打てていれば）

別の未来だってあったかもしれないのに。

後悔にさいなまれ、目の前が真っ暗になる私の肩に誰かが手を置く。見ると、難しい表情を浮かべたシャールが寄り添うように立っていた。

苦しいとき、彼はさりげなく傍《そば》にいて、いつも静かに私を支えてくれる。

わかりにくい、不器用な優しさに気づくたび、私は密《ひそ》やかに心強さを感じていた。

「お前が何を考えているのか、なんとなくわかる。なんでもかんでも背負いすぎだ。一人の魔法使いにできることには限界があるし、過ぎたものはどうにもならない。アウローラは五百年前、自分なりに最善を尽くしたはずだ」

彼の言う通りだった。あのときの私は他のことに気を割く余裕がないくらい、命がけで人々を、弟子たちを、国を守るので精一杯だったのだ。

「そんなお前に応えるようにあいつらが頑張った。だから、弟子全員と生きて再会できたんだ。それは奇跡的なことではないのか？　一生会えないより、断然いいと思うが」

常に死と隣り合わせのメルキュール家で育ったシャールの考え方はシンプルだ。

だが、今の私は彼の言葉に救われている。

（……って、自分が助けてもらっている場合じゃないのよ。私がランスの不安を取り除いてあげないと！）

ランスは今も、縋るように私を見ていた。

「ねえ、先生……現在の私なら、あなたの力になれるはずですよね。あなたの犠牲も知らずにぬくぬくと魔法使いを迫害している他人なんて放っておいて、一緒に静かに暮らしませんか？」

「何を言っているの？」

「エルフィン族の隠れ里の一つを見つけたんです。先生はそこで好きなだけ魔法の研究をすればいい。煩わしいものは、私が全部消してあげますからね。あ、メルキュール家の皆さんは同行してもいいですよ。あなた方も身勝手な人たちの犠牲者ですし、先生の大事な家族ですから」

「ランス、勝手に決められても困るわ」

話がかみ合わず、私はやや焦る。

何を言っても、もはや彼に届かないのではないかと、不安が押し寄せてきた。五百年は、それほどまでに長い……。

「すみません。こんなことを言っておきながら、私は先生の意見を求めていないんです。今さら助けなんていらない」

ランスの暗い微笑みは元に戻らない。

私はますます焦った。

「研究所で育った私は、ずっと自分のしたいことがわからなくて、自分から強く何かを望んだことはありませんでした。けれど、あなたを失って初めて、自分の願いに気づいたんです。私の夢は、先生と平和に仲良く暮らし続けること。びっくりするくらい、ささやかな願いでしょ？」

うっとりする彼がそう言うのと同時に、私の体を異質な魔力が走り抜ける。

「……っ」

急激に体に力が入らなくなった私は、がくりと地面に膝をついた。

「ラム！」

咄嗟《とっさ》に気づいたシャールに抱えられ、顔面から地面に衝突するのは避けられたが、自分の意思で動くことができない。声を発するので精一杯という状況だ。

「私が支えているから、無理するな」

シャールは屈《かが》んだ状態で私の顔をのぞき込んだ。

「顔色は変わらないな。だとすると……」

「ええ。おそらく、あなたの考えているとおりよ」

横を見ると、エペやフレーシュも私と同様の状態で、それまで立っていた場所に膝をついてしまっている。

(私と弟子たちに同時に起こった現象。ということは魔法の可能性が高い)

私はこの現象を引き起こした張本人であろう、ランスに視線を向けた。

「わあ、大成功。私は複雑な魔法が得意ではないから心配だったのですが、きちんと効果が出たみたいです」

「……何を……したの？　攻撃魔法ではないわね？」

「転生魔法の弱点を突きました。あれってすごく繊細な均衡の上に成り立っている魔法で、それこそエペ先輩のような、凝り性の変態にしか実行できない代物ですけど。その魔法の均衡を、無属性の魔法で一時的に崩しています」

ランスは、「先生に正面から攻撃魔法を使うのは、心が痛みますので」と微笑む。

「転生した人間には、転生魔法の影響が色濃く残っていますから、この攻撃方法は有効なんですよ。

さっき倒した枢機卿が、かつて教えてくれました」
ひどい状況なのに、ランスはにこやかなままだ。
「そっかぁ、先生も知らない知識でしたか。嬉しいなあ、長生きしているといいこともあるんです
ね」

三番弟子がうっかり漏らしたヒントを得て、私は対策を考える。

「じゃあ、崩れた部分を、修復すればいいわけね？」

「理論上はそうですが。体の均衡が崩れて、魔力までガタガタになっている今の先生に、何ができますか？」

たぶん、何もできない。できたとしてもすぐには無理だ。

ランスに知識を仕込んだエルフィン族のエポカは、先ほどの雷魔法でやられてしまった。

自分で修復方法を考え、実行しなければならない。

「ラム、私に指示を出せるか？」

傍で私を抱えるシャールの声がする。ゆるゆるとそちらを振り向いた。

「この手の魔法について、私はまだ理解が及ばない。だが、お前なら均衡とやらを戻す方法がわかるのだろう？　代わりに立て直す」

「シャール……」

「あいつの思い通りになるのは、私も癪《しゃく》だ。カノン、伝達魔法で双子たちを呼べ。屋敷が手薄になるのは心配だが、今は一人でも人数が多い方がいい」

「はい！」

カノンは素早くシャールの指示に従う。

「私はラムの回復を急ぐ」

私自身も目にしたことのない、転生魔法の綻びの修復。難易度の高い魔法の構築を、シャールは一人で成し遂げるつもりらしい。

ランスはシャールに対して、かまうそぶりを見せない。やるだけ無駄だと思っているのだろう。

事実、現世の魔法使いの大半は知識不足で、ほとんどの魔法に対応できない。

（シャールには私が魔法を教えているけど。巷《ちまた》に出回っているメルキュール家の情報は、それ以前のものでしょうし。仮に魔法を習っていたとしても、数年程度では転生魔法の綻びを修復できるレベルにないと踏んだのでしょうね）

事実、そうだとおもう。相手がシャールでさえなければ。

余裕の表情を見せる彼は、兄弟子たちの様子を見に行ってしまった。今がチャンスだ。

私はシャールの実力を信じている。

「ねえ、シャール。私の体内の魔力の流れを感じられる？」

傍らに寄り添う彼に問いかける。

「ああ、わかる。おそらく転生魔法の影響を受けている部分も。流れが違うからな。ただ、前に実験がてら自分や双子の魔力を確認したことがあるが、お前のは普通の人間の魔力と構造が根本的に違うように思う」

「転生魔法の影響でしょうね。一発で理解できるなんて、相変わらずあなたは優秀だわ。転生魔法の影響を受けている部分のどこかに、魔力の綻びがあるはず。ランスの得意属性は無属性。他人の魔力に干渉しやすい属性だから、探知しにくいかもしれないけど、私も一緒に探すから……」

「わかった。ラムはあまり無理をするな。これ以上体に不具合が出ると大変だ」

シャールの言葉に心強さを感じる。彼は今世の魔法水準の中で生きてきたけれど、いつも予想を上回るような魔法を披露し、私を助けてくれた。

（なんだかんだ言いつつも、シャールはいつも行動で私を助けてくれるから、信用してしまうのよね）

私は熱心に魔力を確認する彼を見つめながら告げた。

「ありがとう、シャール。あなたと一緒なら、なんとかなる気がしてきた」

「……」

シャールは驚いたように瞬《まばた》きを繰り返す。

やや間を置き、シャールは「ああ、必ずなんとかする」と私を励ますような優しい表情で頷いた。

（あら、今日は仏頂面ではないのね）

しばらくして、双子とカノンが転移してくる。カノンが近くで彼らに状況を説明していた。

（カノンも頼もしくなったわ）

メルキュール家の皆の成長が著しい。

（私が動けるようになれば、エペやフレーシュ殿下も助けてあげられる）

苦しみはないが、力が抜けて思うように体が動かせないのは辛《つら》いはずだ。彼らの周りには、それぞれを心配した部下たちが集まっている。人望があるようでなによりだ。

再び、転生魔法の綻びを探す作業に集中する。すると……。

「見つけた……」

まだいくらも時間が経っていないのに、シャールが転生魔法の綻びを発見した。

「え、嘘《うそ》？　もう？」

二人がかりとはいえ、驚異的な早さだ。

「これを元に戻すのだな」

「ええ、魔力を加えながら、綻びを修復するイメージよ。ごめんなさいね、今の私は魔力のコントロールが上手くいかないから。修復作業は大半をあなたに任せる形になってしまうわ」

「やってみる。お前が自力で治すよりも、私がやったほうが早そうだ」

シャールは作業しやすいように私を抱きかかえ、修復箇所に魔力を流し込んでいく。

身近に彼の魔力が感じられて、こんなときだというのに、妙にこそばゆいような不思議な気分になった。

「ラム、苦しくないか？」

「大丈夫、体の中に、あなたの魔力の感覚があるだけだから」

シャールが丁寧に、崩れた転生魔法の均衡を元に戻しているのが伝わってくる。

「母上っ……」

不意に、双子に状況説明していたカノンの、焦った声が聞こえた。

兄弟子たちに絡んでいたランスが戻ってきたらしい。殺気立ったメルキュール家のメンバーが、私を取り囲むように守り始める。

「先生、お待たせしました。先輩たちに文句を言えてスッキリしたので、そろそろ移動しましょうか?」

まだ、転生魔法の綻びは完全に修復できていない。元の状態に戻るまで、あと少しかかる。

シャールは今、手を離すことができない。

強くなったとはいえ、メルキュール家のメンバーでは、五百年を生きたランスに太刀打ちできるか自信がない。

(魔法が苦手だった昔のランスにならば、十分に対抗できたでしょうけれど)

戸惑っていると、不意にキィィインという、不思議な音が聞こえてきた。全員が一斉にそちらを向く。

へたり込んでいる私からは、何が起こっているのか見えない。けれど……。

「エポカ!」

焦ったように叫ぶランスの声から、エポカがまだ生きていたのだと察した。

この不快な音にも覚えがある。彼が作った、改悪アイテムを起動させるときに鳴る音だ。

(攻撃魔法系、それも大がかりなものみたい。ほかにもアイテムを隠し持っていたのね)

考えている間にも、音がどんどん大きくなっていく。

横を向くと、メルキュール家の皆の体の隙間から、少し離れた場所にいるエポカの姿が小さく見えた。服を脱いだ彼の体には、全身を覆うように魔法アイテムが取り付けられている。

（あれで防御したのかしら？　五百年前にはなかったアイテムだけど、嫌な魔力を感じるわ）

あの日、国中に甚大な被害を出した改悪アイテムと同じ歪《ゆが》んだ魔力の波動だ。

（しかも、ものすごく濃い魔力だわ。あれなら一度魔法を放っただけでも、すさまじい量の変質魔力が放出されそうね。下手をすると、このあたり一帯が攻撃魔法の衝撃と変質魔力の影響で消失するかも）

とりあえず、最悪な代物である。

魔法攻撃のダメージが残るエポカは、ゾンビ系の魔獣のように生気のない表情でゆらりと立っていた。予《あらかじ》め魔法の威力を弱める魔法アイテムを仕込んでいても、それなりにダメージは受けているようだ。

「ここで、朽ちてなるものか」

暗い執念が感じられるエポカの目は赤く血走っていた。正気ではない。

「せっかく、我輩《わがはい》の理想の世の中になったんだ。こんなところで、消されてなるものか！　憎らしい魔法使いどもめ、少し魔法が使えるからと、いつもいつもいつも我輩を見下して……」

体に装着している武器を起動させながら、彼はゆっくり私たちに近づいてくる。

「邪魔な魔法使いたちの地位を下げ、狩って数を減らし、実用的な魔法や薬やアイテムの技術を抹消して、それらをモーター教だけの特権にした。魔法使いは我々に使われる、都合のいい道具に成り下がった。このまま、モーター教はもっと力を増していき、我輩は魔法使いを根絶やしにするはずだった……なのに！　まだ足りないというのか！」

「なによ、それ」

今世の魔法使いたちが迫害されてきた過程、その裏で起きていた事実。それらは全て、エポカのエゴによって行われていたことだったのだ。

魔力のない彼には、魔法使いに対する劣等感がずっとあったのかもしれない。しかし、エポカの行動は身勝手の一言につきる。

「我輩は、魔法を使えなくても、人々が快適に過ごせる世の中を作るつもりだった！　魔力がない者にも優しい世の中を！」

聞こえのいい言葉。五百年前の魔法使いたちを惑わせた言葉。

けれど、もはや私には通じない。

(五百年前のあの国は、優しい世の中とはほど遠い状況だった)

今のエポカを見ていると、彼は人々のためを思って、魔法アイテムを普及させたのではないと、明確にわかるから。

エポカは五百年前から、何も反省していない。

人々を思いやるような聞こえのいい言葉を囁《ささや》きながら、魔法アイテムによって引き起こされた彼らへの被害をなんとも思っていないのだ。

最初はもしかしたら、そういう理想があったのかもしれない。でも、今の彼から感じられるのは、エゴと承認欲求。魔法使いたちへの強い劣等感と憎しみだけだ。

魔法が使えない者には、彼らにしかわからない苦しみがあるのだろう。

だが、彼に改悪アイテムを使わせ続ければ、また五百年前のような悲劇が起きることは確実だ。

(止めなければ)

今にもエポカは、新たな改悪アイテムで攻撃を放とうとしている。体の状態は万全ではないが、早く動かなければならない。まだ起き上がれないけれど、なんとかしなくては。

(大丈夫。五百年前は変質魔力の暴走による被害を、きちんと防ぐことができたみたいだし。今回のアイテムは一つだけだから、あの頃よりマシなはずよね?)

五百年の間にさらなる改悪が加えられたアイテムが、どれほど威力を増しているのか。把握できてはいない。

「ランス、すぐにエペたちの魔法を解いて」

「……かけるのは簡単ですが、解除には時間がかかります。私は、先輩たちのように器用ではないので」

自らが引き起こしたこととはいえ、ランスは悔しげだった。

(エペとフレーシュ殿下を、すぐに動かすのは無理か)

いい戦力なのに残念だ。

(シャールに解除をお願いする手もあるけれど、あの子たち二人は嫌がるでしょうね。解除中にシャールを攻撃されても困るし)

となると、ランスにはこちらを手伝ってもらう方がいい。

「ランス、あれを止めるわよ。私もすぐに起きるから」

「先生、私の得意な無属性は、魔法アイテムから放たれる魔法と同じです。そして、エポカの攻撃手段は魔法アイテム」

「無魔法同士だから、効きにくいということね」

「はい、単なる衝撃の当て合いになってしまいます。他の属性で対処しますが、威力はやや落ちます」

「無理のない範囲でお願いするわ。危なくなったら退《ひ》くこと」

ランスに指示を出した私は、シャールたちを見上げ、ゆっくり手に力を入れる。

上半身を動かせるようになってきたので、私は順番にシャールや双子、カノンを見つめて告げた。

これだけは、今、伝えておかなくてはいけない。

「あなたたちを、私の過去に巻き込んでしまってごめんなさい。本来なら、こんな危険なことに関わらなくてよかったのに」

知らなかったこととはいえ、こんな場所に連れてこられた彼らは、完全に被害者だ。

それに、メルキュール家が辛い思いを強いられてきた発端は、五百年前に起こった事件の影響がまだ残っているせいだ。それを断ち切るのは、五百年前の時代に生きた私たちの——未然に悲劇を防げなかった私の責任である。

前世の私は、当時の人々を一時的に救っただけで、根本の原因を解決できなかった。

そのせいで、魔法使いや本来は魔力を持つはずだった多くの人々への、不当な扱いがまかり通ってしまった。

五百年間も続いた悪習を改善するのは難しいし、元に戻すにはかなりの時間を要するだろう。

「だから今度こそ、これ以上悪化しないように私が止めないと」

転生魔法の綻びが直ったばかりの、不安定な体に力を入れる。膝から上に力が入るようになった。

「ラム、なんでもかんでも背負いすぎだと言ったはずだ。一人の人間が、全ての問題を綺麗さっぱり取り払えるなんて、都合のいい物語の中だけの話。それに、今起こっていることは、現代を生きる私たちにとっても無関係ではない」

私を支えながら、シャールは、どこかむっとしたような顔でこちらを見る。

「……お前はまだ、私を戦力として数えないつもりか？」

彼の言わんとしている内容を理解し、私は戸惑う。

「お前にとって、私はそんなに頼りないか？　いや、事実頼りないのだろうな」

「そういうわけじゃないけど」

これまでにも、シャールに助けられてきた場面は多い。今だってそうだ。

それでも、どうしてか、彼を危険にさらしたくないと思ってしまう。

私たちの五百年前の因縁のせいで、今を生きるシャールに傷ついてほしくない。

「崩されていたお前の転生魔法の均衡は八割元に戻ったが、治ったあとも無理をしない方がいい。お前の手に負えないぶんは私がなんとかする。妻を守るのは夫の役目だからな」

「シャール、こんなときにまで夫婦を持ち出さなくていいのよ？　あなたはこれまで、十分私を助けてくれたわ。本当に感謝しているけど、これ以上危険に関わらなくてもいいの」

「だから、いつまで私を庇護者《ひごしゃ》扱いする？　家族にくらい頼ればいいだろう」

「いつまでって……いつまでもよ。大事な家族だからこそ巻き込みたくないのに、どうしてわかってくれないの？」

じっと見つめてくるシャールに向かって、私は声を上げる。

「エポカを止めるのは私の役目なの。過去の私がしくじったせいで、現在がこんなことになってしまっているなら、今度こそ命に替えても、成し遂げなければならなっ……!?」

ひんやりとした感触に唇を塞がれ、一瞬にして思考と視界が奪われる。

訳がわからず、私は瞠目した。

（こ、これは何……？　どうなっているの!?）

突然の事態に、何が起こったのか把握するのに時間がかかった。

（私……今……）

シャールに唇を奪われ、されるがままになっている。

そのせいだろうか、ほんの少し角度を変えた彼が、さらに深く口づけてきた。頭がふわふわし、心臓が大きな音を立て始める。

呼吸が苦しくなった私は、思わずシャールの胸元をドンドンと叩《たた》いた。

するとようやくシャールの唇がゆっくり離れる。

同時に、彼の肩越しに双子やカノンが、めちゃくちゃこちらを見ている光景が目に入った。恥ずかしすぎる。

「シャール、今のは……」

ゆるゆると下を向いた私は、赤くなっているであろう耳を両手で隠した。

「何するのよ、こんなときに。あなた、最近自由すぎない？」

シャールは私の抗議をまったく気にしていないように見える。完全に開き直った態度だ。

（最近のシャールの行動は、唐突で、わけがわからなすぎるわ）

でも、それよりももっと問題なのは、私が彼の取った行動をまったく嫌だと思っていないことだった。

（私、どうしちゃったの）

感情は乱れっぱなしだ。

マイペースなシャールは脱力する私を抱え直した。

「大丈夫よ。歩けるわ」

私は彼の支えを借り、その場で立ち上がる。体が安定したのを確認してから、シャールはいつにも増して不機嫌な顔で私を見た。何か言いたそうだ。

「ラム、まるで、これから死ににに行くかのような言い草はやめろ。不愉快だ。私はお前を失うつもりはない」

彼の静かな怒りと真剣な眼差《まなざ》しに押され、私は先ほどの自分の発言を後ろめたく感じる。

あの発言には、シャールの言うような意図が含まれていたのを否定できない。

だが、エポカを止めるのは、それくらい危険な行為なのだ。

「あなたたちは、なんとしても私が守ると、そう言いたかったの……なのに……」

私はごにょごにょと言いわけした。

「余計なお世話だ。私も双子もカノンも、自分の身は自分で守れる。お前は自分のことだけ考えていろ」

こんなときまで、シャールの態度はぶれない。

でもなぜか、それを心強く思っている私も同時に存在する。頼るべきではないと、わかっているのに。

「ラム、やはり歩くのはきついのではないか？」

「大丈夫よ、シャール。あなたのおかげで、ほぼいつも通りに戻ったから」

まるで抱きしめるような形で私を支える手を離さないシャールは心配そうだが、本当に少し貧血っぽいだけで私は普通に動ける。いつも倒れている今世の体の調子を鑑みれば、今は調子がいい方だろう。

「あいつやモーター教の存在が、前世のお前と因縁があるにしても、今影響を受けているのは私たちも同じだ。蚊帳の外で見ている気はない。お前に力を貸すために、メルキュール家はここに集まっている。これは私たちの意思だ」

背中にシャールの温かさを感じ、私は一度瞬きする。胸が震えた。

（ぽっと出の伯爵夫人なのに、ここまで私のことを思ってくれているのね。本当は危ないことに関わってほしくないけど……）

本当は一人で立ち向かうのが不安で、誰かの手を借りたいという気持ちで心が揺らいでいた。

シャールを始めとする、メルキュール家の皆は、信用できる仲間だ。

（今を生きるこの人たちに、過去の清算のために助けを求めていいのかしら）

迷いを見抜いたかのように、シャールが私の目を見て頷く。

「……！」

彼の態度に背中を押された私は、今世の家族たちの方を向き、覚悟を決めて告げた。

「無理をしない範囲で、皆に助けてほしいの。あの改悪アイテムの暴走を止めるために……私に、力を貸してちょうだい」

様子を窺《うかが》うと、シャールはもちろん、双子やカノンも力強く頷いた。

「任せてよ、奥様の教育の成果を見せてあげる」

バルの言葉に、フエも続く。

「ええ、我々は意外と義理堅いんです。受けた恩は返します」

カノンも私に向かって、大人っぽく微笑んで見せた。

「僕なら大丈夫。なので父上、そろそろ母上を解放してあげてください」

息子に指摘され、シャールはようやく私を支えていた腕を離す。

エポカを見ると、彼はすでに改悪アイテムを使う準備をしていた。彼は憎々しげに私を睨みながら口を開く。

「アウローラ、お前さえいなければ、我輩の計画が破綻することはなかった！　五百年前、完全に消し去っておくのだった！」

起動準備が完了したのだろうか。まるで衣服のようにエポカに装着されている魔法アイテムの一部が光り、こちらに向かって攻撃魔法が放たれる。変質魔力が凝縮された、強烈な無属性の衝撃波が飛んできた。

「皆、防御のための魔法は教えたわよね」

私たちはそれぞれ、光属性の防御魔法を展開し、エポカからの攻撃の第一波を防いだ。

間近で、ものすごい大爆発が起こり、近くにいたカノンは魔法を展開したまま吹き飛ばされている。幸い大きな怪我はなさそうだが、かなり後ろまで移動してしまった。

魔法の衝撃はすさまじく、防御魔法を展開した私たちの周辺を除いて、あたり一帯の地面が深くえぐれ、黒い煙を吹き出している。もともと民家などの建物がない場所でよかった。

少し離れた位置にいるエペとフレーシュ、ハリネズミたちも無事のようだ。

私はカノンをそのまま後退させ、ハリネズミやレーヴルの兵士を守るよう指示を出しなおす。

エポカは一発で私を倒せるとは思っていなかったらしく、特に動揺した様子は見られない。彼の鋭い視線は私に向けられたままだ。

「あのとき、お前が魔力暴走を食い止めたせいで、あの国では魔法アイテムの武器は恐ろしいとされ、以後使用できなくなってしまった」

「それは、至極当たり前の結果でしょ？　あんな危険物を野放しにはできないわ」

エポカは人々が消え去って、変質魔力の暴走の証拠がなくなった方がよかったとでも言うのだろうか。

「人々はアウローラを称《たた》え、我輩は追放されて新たな実験の地を探さねばならなくなった」

恨めしげにこちらを見てくるエポカだが、それも当然のこと。逆恨みをされても困る。

（しかも今、『実験』って言ったわね。魔力がない者にも優しい世の中を作るんじゃなかったの？　やっぱり自分勝手な理由で魔法アイテムをばらまいていたのね）

予想していた通り、今の発言でエポカが悪意を持っているのが確定した。

魔法アイテムを使用した影響により、犠牲になった人々もまた、『実験』の結果に過ぎなかったのだろう。

「この魔法アイテムは我輩の最高傑作で、今のはほんの小手調べだ。最大威力はあのときの比ではない！」

言うなり、エポカは第二波を放つ。威力は先ほどよりも大きいが、防げない規模ではない。

再び大規模な爆発が起こり、地面ごと何もかもを吹き飛ばす。

（大変、こんなに魔法を連続して放ったら……）

案の定、あたりにアイテム使用の副産物として生まれた、変質魔力の気配が漂い始めた。改悪された魔力を用いた魔法アイテムを使うと必ずこうなる。

まだ濃度はそれほどでもないが、早くエポカを止めないと、再び五百年前のように爆発を起こしてしまうだろう。

（エポカだって、ただでは済まないのに）

あの改悪アイテムは通常より強力なぶん、一つだけでも、かなりの変質魔力を放出する。

「先生に言いがかりをつけるなんて。いい加減にしてください、エポカ！」

今度はランスが、自分からエポカに雷属性の攻撃魔法を打った。

「アウローラが称えられるのは当然です！　先生は、それはそれはそれはそれは素晴らしい人なのですから！」

対するエポカもまた反撃するように、打ち出す魔法攻撃の威力を上げていく。放出される変質魔力の量も増えた。

体調度外視で、私も魔法の威力を強めた方がいいかもしれない。

「おのれ、アウローラ！　これが最大出力だ！」

エポカが叫んだ瞬間、あたりが一気にどす黒く重い変質魔力に包まれる。

（高い濃度の影響で息が苦しい）

変質魔力には、大気中で爆発する力と、人々が呼吸などで取り込んだ際に体調に悪影響を及ぼす作用がある。

（これは五百年前と同じ。いいえ、あのときよりおぞましい状況だわ。エポカが自分で言うだけあるわね）

エポカの攻撃よりも、変質魔力の影響がすさまじい。

あたりに蓄積された変質魔力が呼応し合い、今にも暴発を起こしそうだ。そうなったら、エポカだってただでは済まないはずなのに。

今の彼の行動は、自分の首を絞めているようにしか見えない。

（何か、対策を練ってきているの？）

それとも、自分もろとも、変質魔力の影響で倒れていいと思っているのだろうか。

危機感を抱いていると、不意にシャールが私の前に出て言った。

「ラム、私はあの男を攻撃する。あれ以上魔法を打たせると、変質魔力の影響がまずいだろう」

だが、シャールが攻撃魔法を放つまでもなく、エポカの纏っていたアイテムが爆発して壊れた。

（えっ、自爆？　欠陥品だったの？）

魔法の威力を上げすぎて、アイテムが耐えられなかったのだろうか。

「……!?　エポカは……」

まさかの爆発の煙で、彼の姿が確認しづらい。

しかし、大きめの爆発だったので、無傷ではいられないと思う。

すでにエポカは無事ではないだろうと考えていると、もうもうと煙の上がる中から突如、別の異質な魔法が放たれた。

「……っ！」

すんでの所で、全員が魔法をよける。後方のカノンは、二人の弟子やハリネズミたちを懸命に守っていた。

(ありがとう、カノン。皆、怪我はないみたいね。でも、魔法の攻撃が飛んできたってことは)

煙が消え去った跡を確認すると、やはりエポカはまだ生きていた。だが、どこか動きがぎこちない。

「……あれは！」

私は違和感の正体に気がついた。

「彼の体、人の体じゃない……？」

ランスの雷魔法を浴びても平気だったのは、魔法アイテムで体を守っていただけでなく、肉体自体も普通ではなかったからだったのだ。

破損した服の合間から覗《のぞ》くエポカの皮膚の一部は白銀色で、血の一滴も流れていない。

ダメージを受けて硬質な素材が飛び出ているのは、彼が人の体を捨てたという何よりの証拠である。

(どこも怪我をしていないどころか、常時発動型の魔法による修復がかかっているし)

エルフィン族の体の構造は人間とほぼ同じで、普通に怪我も病気もするのだが、もはやそんな常識はエポカには当てはまらない。

(利便性一辺倒の無骨な素材は、趣味がいいとは言えないわね。ケーキ柄でも散らせば、可愛くなると思うのに)

私は改めてエポカに問いかけた。

「エポカ、あなたの体は魔法アイテムでできているのね」

「ご名答。我輩の体は五百年以上かけて生み出した、最高の強度を誇る素材でできている。中身が魔法アイテムに置き換わっているから、変質魔力の影響だって最小限しか受けない。これはエルフィン族の歴史の中でも画期的な大発明だ」

エポカは自分が有利に動くため、あえて、こんなにも変質魔力を振りまくような戦い方をしていたようだ。少しは他人の迷惑も考えてほしい。

「そして、今アイテムから放った我輩の魔法も、変質魔力を大量に生み出す。お前たちにとっては攻撃魔法よりも、副産物として出た、変質魔力による攻撃こそが脅威だろう？　すでに体に悪影響が出始めているのではないか？」

彼の言う通りだ。胸は苦しいし、頭は痛いし体は重い。

改悪アイテムから生まれる変質魔力は、大まかに分けると無属性に分類される。

だから、人の持つ魔力に強く干渉する性質を持ち、防御魔法でも完全に防ぐことは難しい。

「アウローラ、お前がいくら変質魔力を浄化しようとも、我輩が放出する量には追いつかない。消すより出す方が簡単だからな」

状況はよくない。こちらには人数がいるが、後方にいるカノンの体は変質魔力の影響で限界が近づいている。

私はまず、彼を避難させることにした。

「カノン、体調を崩す前に安全な場所に撤退なさい。余裕があれば、そのへんにいるハリネズミを回収しておいて」

いくら元モーター教の関係者とはいえ、ここでハリネズミを見捨てるのは寝覚めが悪い。

「ですが、母上たちは」

カノンが戸惑ったような声を上げた。

話していると、またエポカが攻撃魔法を構え始める。

「カノン、早く行って」

私は焦って声を上げた。

すると、次の瞬間……カノンの背後からエポカに向けて、シュパッと鋭い魔法攻撃が放たれる。

（……えっ？）

その攻撃は、向こう側で新たな攻撃魔法を打とうとしていた、エポカの腕を躊躇《ちゅうちょ》なく切り落とした。エポカはすんでの所で体をひねり、急所へのダメージを防いでいる。

「ちっ、外したか」

振り向くと、ランスのせいで動けなかったエペが普通に立っている。自力で綻びを修復できたらしい。

「エペ、あなた、体は大丈夫？」

「応急の適当な処置だが、転生魔法の均衡は戻った。もともと俺が使った転生魔法だから、一人でも時間さえあれば修復できる」

相変わらず、器用な一番弟子だ。

「グラシアルも……まあ、そのうち解除できるんじゃね？」

二番弟子を見ると、かなり苦戦している様子。まだ動けない状態に見える。

「エペ、あの子を助けてあげて」

「やなこった、そんな余裕はねえだろ。あと、こっちガキの体は限界だ。潰すつもりがないのなら引かせた方がいい」

そう言って、エペはカノンを指さす。

「グラシアルの周りには、常時発動型の防御魔法を置いてきてやるから死にはしないだろ」

「……エペ、ありがとう。それじゃあ、カノンはハリネズミを連れて屋敷に移動してちょうだい。家のことは頼んだわよ」

不満そうなカノンだったが、シャールにも促されて渋々頷く。

「父上、母上。わかりました」

カノンは近くにいたハリネズミをかき集め、一緒に魔法で屋敷へ転移した。

離れた場所で空中に浮かぶ双子はまだ大丈夫そうで、風魔法を使って大気中の変質魔力を分散してくれている。

エペは瞬時に状況を見て取り、あたりを包み込むような闇魔法を展開した。

「アウローラ、俺は変質魔力を闇魔法で呑み込んで消滅させていく。さっきの攻撃でダメージは与えられたが、エポカも馬鹿じゃない。まだ悪あがきをしてくるはずだ」

「ええ、気をつけるわ。あなたが変質魔力の対応に回ってくれるなら、安心してエポカに向き合えそう」

この状況下で闇魔法が得意なエペがいるのは心強い。

彼が防御魔法を展開した場所から、強い冷気の流れを感じる。なかなかランスの魔法から脱せないフレーシュが、怒って魔法を垂れ流しているようだ。

（あの子も途中までは、転生魔法の均衡を取り戻しているみたい。手伝ってあげる余裕はないけど、動けるまでもう少しね）

しかし、漏れ出た彼の水魔法は、あちこちを無差別に凍らせている。エポカの付近の地面まで、ところどころ氷が張ってしまっていた。

攻撃魔法の準備をしていると、横からシャールが声をかけてくる。

「ラム、お前の具合は？」

「まだ平気よ。このまま長引かせれば、変質魔力の影響で私たちはますます不利になる。少々危ないけれど、こちらからエポカに接近するわ。シャールは双子に協力してあげて」

言うなり、私は風魔法で空中に浮かび、エポカに向けて飛び出した。

こちらに気づいたエポカが強力な攻撃魔法を打ってくる。しかし、私の速さについてこられないため、彼の放つ衝撃波は一発も当たらない。

（体調は大丈夫。今のところ問題ないわ）

前方に立ち込める変質魔力を、私は順に闇魔法で呑み込み消し去っていった。

同時進行でミーヌに教えたものと同じ光魔法での攻撃〝整地〟を展開。さらに火と雷の混合魔法をエポカへ向けて打ち込む。目の前で大きな稲妻が落ち、天高く火柱が立った。

さらに、水魔法の壁でエポカの退路を断ち、木魔法で彼の足を拘束し、二度目の〝整地〟の攻撃魔法を放つ。ついでに土魔法で岩も降らせておいた。

後ろを振り向き、皆の様子を確認すると、全員があんぐりと口を開けている。

（……？　どうしたのかしら）

気を取り直し、私はエポカに向けて、今度は氷と風の混合魔法をお見舞いした。

※

シャールは信じられない思いで、目の前で魔法を打ちまくる妻の様子を眺めていた。

いつも少し魔法を使っただけで倒れるひ弱なラムが、すごい魔法使いだと言うことは知っていた。その正体が伝説の魔女だということも。だが、本気を出した彼女がこれほどまでの実力を秘めていたとは予想だにしなかったのだ。

（すごい力だ……）

今までのラムは、単に体調不良で実力を出し切れていなかっただけらしい。

全属性魔法を軽々と同時に扱う上に、空中に浮かびながら混合魔法を連発している。常識的に考えられない行動だ。

ただ圧倒されるシャールを見かねたのか、横からエペが口を出してくる。

「あれが、アウローラが『伝説の魔女』と言われる所以《ゆえん》。あいつは飛び抜けた才能を持つ、最強の魔法使いだ。前世でも今世でも、正攻法じゃ誰も並び立つことなんてできやしねえ。今世でもぜんぜん衰えていないな」

そう吐き捨てるエペは酷く悔しそうに見えた。気持ちはわかる。

あれは、自分とは全く別の次元にいる魔法使いだ。

シャールは人間離れした「最強の魔女」が、酷く孤独な存在のように思えてきた。並の魔法の使い手では、彼女と同じ景色を見ることが叶《かな》わない。

ラムはその間にも数々の魔法を放ち続け、エポカを圧倒していく。だが、相手もしぶとい。

「私も行く。多少は力になれるはずだから」

前方を見つめたシャールは、風魔法で妻の方へと飛び立った。

双子は順調に風魔法で変質魔力を散らしているし、今助けが必要なのはラムの方だと判断したからだ。

伯爵夫妻はつまらぬものを消し飛ばす

I was the countess who was too wea
when reincarnated. The strongest witch
of the past wants to lead a comfortable life.

眼下ではランスがエポカに向かって魔法を放ち、双子が変質魔力から皆を守り、エペがそれを分解して無害化している。

エポカに近づくにつれて、変質魔力の濃度が上がり影響が強くなる。

間を空けずに攻撃魔法を放っていると、すぐ傍（そば）までシャールがやってきた。双子より私を手伝うことにしたらしい。

「ラム、攻撃を手伝う」

「ありがとう。無理しないでね」

私は五百年前と同じく光魔法を構え、全身が魔法アイテムと化したエポカを目がけて飛び込む。

シャールも私の魔法を、その場で完璧に模倣した。

「またなの？」

一瞬で魔法を模倣できる彼の才能が心強い。

これまで私は、シャールを守るべき存在として見ていて、一緒に戦う対等な存在と認識してこなかった。いくら彼に指摘されても。

だが、次からは見方をかえていかなければならない。シャールの力は確実に私の助けになっている……と理屈ではわかっているのだけれど。

「大丈夫だラム、私たちの攻撃は届くはず」

「そうね」

どんどん相手との距離は縮まっていく。

すると、エポカの腹部が割れ、中から銀色で筒状の魔法アイテムが出現し、そこから今までにない勢いの魔法が放たれた。

大量の変質魔力を凝縮させたような、すさまじい攻撃だ。まだこんな攻撃方法を隠し持っていたらしい。

「くっ……！」

向こうの魔法攻撃に負けないよう、私たちは寄り添いながら攻撃に力を入れる。

エポカは力任せに攻撃を放ちながら叫んだ。

「我輩《わがはい》は、我輩は、この五百年を決して無駄にはしない！　アウローラ、お前たちさえ消えれば、いくらでも立て直せる！」

本気でそう思っているのだろう。

作り物の腕が千切れ、アイテムと化した体が次々に壊れても、エポカは攻撃を止《や》めない。

もう勝負はついたも同然なのに、腹部から魔法を放ち続けている。

「しぶといわね、このまま押し切るわ」

今、エポカの攻撃を避ければ後方の味方が被害を受けてしまう。彼の攻撃ごと押し返してエポカを倒すのが一番確実だ。

（でも、最も大変なのは、変質魔力を吐き出す大元のアイテムを破壊するときなのよね。中に蓄積された変質魔力が一気に吹き出てきちゃうから、アイテム自体の威力が大きければ大きいほど、大爆発に繋《つな》がりやすい）

今回でいうと、体ごと魔法アイテムになってしまったエポカ本体を、完全に破壊するときに発生する、内部の変質魔力の衝撃に気をつけなければならない。

以前の私は、蓄積された変質魔力の大爆発による、最後の衝撃を正面からまともに受けて倒れた。前世で変質魔力の暴走から街の人々を守るため、私は大量の防御魔法を各所で同時に展開していたのだ。だから、自衛の魔法を使う余裕が残っていなかった。

今度は気をつけなくてはならないが、エポカを倒したときの反動は、前世より大きな物になりそうである。もうすでに、変質魔力がものすごい勢いで彼の体から吹き出していた。

渦巻く変質魔力が自然発火し、ボボボボッと周囲が炎に包まれる。大爆発の直前に起こる現象だ。

（五百年前と同じだわ）

炎を防ぐため、シャールが急いで光の防御魔法で自分と私を包み込んだ。

その隙にエポカは素早く後退する。また彼との距離が離れてしまった。

後方ではエペたちが溜《た》まった変質魔力を散らしたり分解したりしているので、こちらほど影響は強くないようだ。避難したレーヴルの兵士たちも無事である。

それでもところどころで爆発が起こっている。

（あと少しだったのに。本当に変質魔力は厄介ね）

前世も今世も、私は同じ現象に苦戦している。

（メルキュール家の双子と弟子たちのおかげで、前世ほど大きな被害が出ていないのが救いね）

エポカ本体がまだ破壊されていないのに、これほどの変質魔力が吹き出ているなら、仮にとどめを刺したら、どれほどの魔力が溢《あふ》れ出るのだろうか。

まだまだ、やりたいことはたくさんあったのだけれど、自分とエポカの相打ちは免れないかもしれない。

（それでも、行かなきゃ。今世こそ、誰も犠牲を出したくないの）

たとえ相打ちになってしまっても、今世にはシャールや成長した弟子たちがいる。もうモーター教がはびこることはない。

（まあ、私だって簡単にやられる気はないけど。仮に私が倒れても、今世は皆がいるぶん心強いし未来も明るいわ。誰かがまた転生魔法を使わないように、釘《くぎ》は刺しておかなきゃね）

ガクンと私の体が前のめりに倒れそうになる。ランスの魔法の影響がまだ残っているらしい。

（魔力の残量も確実に減っているわ）

やはり万全の状態でないのは痛い。

前を見据える私の手を、不意にシャールが握った。こんなときなのに、その温かさに心が安らぐ。

「ラム、案ずるな。一人で飛び込ませはしない」

私はぎょっとして彼を振り返る。

「シャール……？　あなた、まさか一緒に来る気!?」

前世の私は、変質魔力の大暴走を起こす引き金となった改悪アイテムを壊すため、一人で変質魔力の渦に飛び込んだ。皆を守るなんて言っておきながら、本当は不安で仕方がなかった。それをシャールは正確に見抜いている。

心が揺れた。どうしてか、ここで消えたくないと強く思ってしまった。

（でも……）

弱気にはなるまいと、自分の心を叱咤《しった》する。彼を巻き込みたくない。

「お前が伝説の魔女だろうが何だろうが、全てを一人で背負う必要などない」

「でも、シャール。エポカを壊すのは危険なのよ」

「だったらなおさら、お前を一人で向かわせるわけにはいかない。今の私の実力ではアウローラに到底及ばないが、必ず追いつき並び立ってみせる。ここで死ぬなんて許さない」

何をどうするのが正解なのだろう。まったくわからない。

けれど、私はこの温かな手を離しがたいと感じてしまった。シャールと一緒にもっと過ごしたいと、これから先も生きていたいと望んでしまう。

「転生魔法の均衡が崩れた影響も、まだ引きずっているだろう。攻撃魔法の連発により、お前の魔力が減ったせいで、一度直した転生魔法の均衡が不安定になってきている」

「そんなことまで、わかるようになったのねえ」

「だから、今から私の魔力を使え。他人の魔力なら、転生魔法の均衡に影響もないはずだ」

シャールは私と同じで、魔力が多い部類の人間だ。だから、たくさん借りても体調に影響は出にくい。

「エポカを倒さなければならないから、容赦なく魔力を使ってしまうけど……大丈夫？」

「今の私にできるのは、これくらいだから好きなだけ使え」

「……それじゃ、ありがたく使わせてもらうわね」

ためらいがちにシャールの手を握り返し、私はエポカへ向き直った。だが、変質魔力の暴走で生まれた炎により、彼の姿がよく見えない。

炎に覆われた空間を風や水の魔法で切り開き、まっすぐ空中を移動しながら、私は相手の方へ近づいていく。

シャールは私を支えながら、少なくはない魔力を提供し続けてくれていた。

（あと少し！　見えた！）

燃え上がる炎の隙間から、魔法アイテムがむき出しになったエポカの姿を確認する。

「いたわ！　シャール、このまま攻撃を……」

私が攻撃魔法を構えた次の瞬間、不意にエポカがぐらりと体勢を崩した。

（えっ？　どうしたの？）

よく見ると、彼の足全体が凍っている。

（炎に包まれても解けないほど、強力な氷って……まさか）

エポカの周りだけではない。分厚い氷があたり一帯の大地をくまなく覆い尽くしている。

なかなかランスにかけられた魔法を修復できず、不機嫌さが頂点に達したフレーシュの垂れ流した魔法だ。それが運良くエポカの足に到達して氷を張ったらしい。嬉《うれ》しい誤算である。

（いける……かも！）

シャールと私はそのまま、エポカの正面にまで迫った。

「力を貸してくれてありがとう、シャール。私一人では、ここまで来られなかった」

私は最後の魔法を手に宿す。強力な熱を放射する、最強の光の攻撃魔法だ。

するとシャールも私に魔力を貸し与えながら、自身も雷魔法を上乗せするという複雑な魔法を展開し始めた。繋いだ二人の手から、光と雷の混合魔法が、バチバチと渦を巻きながら、まっすぐに伸びていく。

（また、何も教えていないのに、戦いの中で成長したのね。この人、短期間でどこまで伸びるのかしら）

先ほど彼自身が宣言したように、いつか私と並び立つ魔法使いが現れるかもしれないと、ほんの少しだけ期待が頭をもたげる。

（でも今は、魔法に集中）

シャールに体を支えられながら、私は攻撃魔法を展開し、エポカにまっすぐ突っ込んでいく。

そうして、二人の魔法が、ついに彼の腹部に到達した。

光魔法の熱と雷魔法の衝撃が一緒に打ち込まれ、大きくのけぞったエポカは驚きの声を漏らした。

「ぬおっ!?」

光と雷の混合魔法はまばゆい輝きを放ちながら、無慈悲にエポカの体を貫いていく。

「ラム、さっさと片付けて戻るぞ。引っ越しをするのだろう」

シャールの言葉に、なぜか鼻の奥がツンとする。

「うん、帰る……一緒に……」

変質魔力に包まれたエポカの体に衝撃が走り、魔法アイテムでできた体の表面に大きなひびが入った。

エポカの硬質な体が溶けて崩壊し、亀裂がどんどん外側へと広がっていく。

「や、やめロォォォォーーーーーーーッ！」

この世の終わりのような、エポカの断末魔の叫びが響き、彼の体が変質魔力とともに消失していく。

それでも、私とシャールは手を緩めなかった。

（これまで、私が過去から引きずってきた問題は、全て清算する……！）

やがて、エポカの声が聞こえなくなり、体にズンッと大きな振動が走って、最後の変質魔力の塊が吹き出してきた。咄嗟《とっさ》に魔法で対処できないくらい、恐ろしい量と濃度だ。

暴走した変質魔力は、まるで命を宿した渦のように強大に練り上げられ、その濃さを増していき、最後に光と炎と風とをまき散らしながら大爆発を起こした。

途端に巨大な波のような衝撃が、攻撃を続ける私たち二人に向かって押し寄せてくる。

それだけじゃない。エポカ自身の体内から出た、膨大な量の変質魔力は尚《なお》も、あたり一面に吹き出し続けていた。

一瞬にして、ものすごい濃度の変質魔力に包まれ、私は気分が悪くなる。

(出たわね、最後の難関!)

気を取り直した私は闇魔法で次々に変質魔力を呑《の》み込み、爆発を抑えようと奮闘する。シャールの魔力のおかげで、まだまだ力を出せそうだ。

「シャール、大丈夫? 魔力をいっぱいもらっているけど、体はきつくない?」

「……それは私のセリフだ。見たところ、お前は大丈夫そうだが」

「ええ、他人の魔力を使い放題って、いつもより体が楽でいいわねえ!」

それでも、生存確率は五分だ。

前世のように、変質魔力が暴走した場所が街中ではないから、そのぶん気を遣わずに済むのはありがたい。

魔法に集中していると、ふと闇魔法が強化された気配がした。

横を見ると、いつの間にか近くまで来ていたエペが、私の魔法に自分の闇魔法を追加している。

(前世では全部自分でやっていたけど、これはとても助かるわ……!)

続いて、変質魔力が生み出す炎を固い氷が覆っていくのが見えた。先ほどエポカが体勢を崩したときとは異なり、明確に制御された魔法だ。

エペの向こうに、予想通りフレーシュが姿を見せる。彼もランスの魔法から無事に脱したようだ。

そのランスは噴出する魔力から全員を守ろうと、双子と一緒に大規模な防御魔法を展開している。

(い、いけそう……!)

前世では感じられなかった、自分が生きて戻れる未来が見えた。

そのまま魔法を強め、私は自分の魔力も全て投入して、一気に変質魔力を潰しにかかる。

周辺を覆う変質魔力が、どんどん闇魔法に呑まれては消えていった。

（もう一息！）

あと一歩のところで、不意に闇魔法の威力がまた強まった。エペの仕業ではない。

（まさか……）

すぐ横を見ると、シャールが私に魔力を提供しつつ、自分でも闇魔法を扱っているのが見えた。

（嘘《うそ》……）

彼は信じられないくらい器用に、魔力を等分に振り分けて使っている。

（また初見で、私やエペが使っている魔法を覚えたの!?　適応早すぎない？）

それでも心強いのは事実。

私たちは残りの変質魔力を闇魔法で一斉に呑み込み、全て消滅させていった。

やがて、一帯で爆発を繰り返していた変質魔力が完全になくなり、ところどころで上がっていた炎も消えていった。

あたりが静寂に包まれる。

エポカとの戦いで魔法を連発したせいで、周りの地面はでこぼこに隆起している。変質魔力による爆発で、焦げている箇所も多い。

私たちは体を浮かせていた風魔法を解いて、空中から着地した。同時に気力だけで支えていた体の均衡が崩れ、私はシャールにもたれかかってしまう。

もう体に力が入らないし、周囲を見回す余裕も持てない。上を向いて、ぜぇぜぇと荒い息を繰り返す私を見るシャールの目は、いつになく心配そうに見えた。

「……シャール、怪我《けが》は？」

「ない。すぐにでもお前の転生魔法の綻びを完璧に修復したいのに、魔力が空だ。もう転移すらできない」

「心配しなくても大丈夫、寝たら治る程度よ。でも、私も魔力は空っぽね。本当に、つまらぬものを消し飛ばしてしまったわ」

動けずにいると、双子が駆け寄ってきた。

「シャール様、奥様！　無事ですか？」

「奥様、立てる？　すぐ運びたいところだけど、僕らももう魔力がなくて、魔法を使えないんだ」

双子だけではなく、エペやランスも、かなり魔力を消費しているだろう。

地面を覆う氷が増え続けているので、フレーシュだけは、まだ魔法を垂れ流しているみたいだけれど。

「ラム、持ち上げるぞ」

動けない私をシャールが抱き上げて徒歩で移動する。双子も彼のあとに続いた。

運ばれながら、私は変質魔力が溢れていたのが嘘のような、澄んだ青空を見上げる。

「事件も一応解決したし、消費魔力の少ない伝達魔法が打てるようになったら、カノンを呼び戻せる。我々を連れての転移くらいはできるはずだ」

「そうね、帰りはあの子に頼むのが確実だ……わ……」

そこから先は覚えていない。

気づけば私は力尽き、シャールに抱えられたまま眠ってしまっていた。

誰よりも安心できる、唯一無二の腕の中で。

※

いつもと変わらないレーヴル王都の賑《にぎ》やかな雑踏に揉《も》まれ、元第十位の聖人カオは、同じく元第二位の聖人かつ兄であるネアンや、聖騎士ミュスクルと並んで途方に暮れていた。

レーヴル城を脱出してから、どれくらいの日数が経過しただろうか。

（こんな形で放り出されるなんて、ボクはどうすれば？）

教皇のおかげで、無事に虫かごから逃げだしたのはいいが、もうモーター教には戻れない。制裁されるのも嫌なので、戻る気も起きないが。

傍らのミュスクルは黙ってカオについてくるばかりだ。

兄のネアンは自分以上に動揺していて、まったく頼れそうになかった。教皇からの扱いが、よほど堪《こた》えたのだろう。今は死んだ魚のような目で、空ばかり見つめている。

聖人の衣装から街で売られている服に着替え、街を彷徨《さまよ》ってしばらく経《た》った頃、モーター教が解散したという知らせが聞こえ始めた。

どうせ嘘だろうと考えていたら、マンブル大聖堂が突然閉鎖された。

(え、あの噂《うわさ》、本当だったの!?)

カオは動転すると同時に安堵《あんど》を覚えた。モーター教が解散すれば、自分たちが追われることはなくなると思ったからだ。

ネアンはさらに動転し、錯乱し始めて放っておけない状態になったので、カオはかいがいしく彼の世話を焼いた。自分を殺そうとした兄だけれど、やっぱり見捨てるような真似《まね》はできない。

「ねえ、ミュスクル。本当にモーター教はなくなったのかな?」

普段から無口な聖騎士は、重々しい動作で頷《うなず》いた。

「……隣のテット王国の大聖堂も閉鎖されたと噂されています。モーター教が関与していたオングル帝国の内乱も終わり、そちらの大聖堂も今は閉じていると」

現在、一番頼りになるのはミュスクルかもしれない。カオたちよりも世間に精通している彼は、どこからともなく噂を仕入れてきてくれる。

「総本山を確認しに向かったら、制裁されて危ないかな? ボクはモーター教が解散したなんて、信用できない。だって、おかしいよ」

「見に行ってみますか? 総本山の座標を覚えておられるなら、カオ様は転移できるはず」

「覚えてるけどさあ」

もし、モーター教が存続していたら、自分の生存が知られて捕まってしまったら。想像しただけで足に震えが走る。

教皇が自分たちを見逃してくれたからといって、全てのモーター教徒がそうだという保証はどこにもない。ネアンより強いと噂される、聖人の第一位が攻撃してくるかもしれないし。

「今後のことを考えると、早めにモーター教の存続の真偽は確認された方がよろしいかと」

「わ、わかってるよ。でも、怖いんだ」

「私がお守りします」

ミュスクルの言葉に励まされたカオは、役に立たないネアンも連れて、総本山のあるブリュネル公国へ転移した。

かつての本拠地が置かれていた、クール大聖堂の近くに舞い降りたカオたちは、用心深くあたりの様子を窺《うかが》う。ネアンは総本山に来ても放心したままである。

「人が、まばらだね」

いつも修道服を着た人間が歩き回っていた街は恐ろしく静かだ。

建物の中をこっそり覗《のぞ》いても、人の気配はない。

(本当に、モーター教は解散しちゃったの？)

噂を聞いてしばらく経ってから来たからかどこも無人で、力の抜けたカオはふらりとミュスクルにもたれかかった。

「あはは、本当なんだ。もうモーター教はないんだ」

自分を翻弄し続けた組織が、こんなにもあっさり消えてしまった。

カオはなんとも言えない、空虚な気持ちに襲われる。

「ボクの人生、なんだったの？」

街中でしゃがみ込み動けずにいると、不意に正面の地面に影が差した。

ミュスクルと一緒にそちらを見上げると、あの日自分たちを虫かごから出した教皇本人が立っていて、じっとカオたちを見つめていた。

「教皇、様？」

「また、お会いしましたね」

雰囲気はまったく変わっていないが、教皇服を着ていない彼は、以前と雰囲気が違うように感じられた。どこか吹っ切れたような、投げやりのような空気を纏《まと》う彼が、今のカオにはどこか自分たちと同じに見える。

「モーター教、なくなっちゃったの？」

「はい、なくしました」

今の言い方から、教皇がモーター教をなくした張本人なのだとわかった。

「教皇様は、これからどうするの？」

「決めていませんけど。とりあえず、まだしぶとく残っているモーター教を解散して回ります。ありもしないインチキ宗教をいつまでも信じる方々が、可哀想《かわいそう》でしょう？」

教皇はそう言うが、彼の行動は、ある意味残酷だとカオは思った。インチキ宗教でも、その存在に救われきた人はいるはずだから。兄のように。

「ところで、あなた方はどこへ向かっているのですか？」

「…………」

わからない。自分たちはどこへも行けない。

カオは何も言えずに俯《うつむ》いた。

そんなカオをしばらく観察していた教皇は、「それなら、私と一緒に来ますか？」などと、とんでもない提案をし始めた。

「恥ずかしながら、私は今どきの文化をよく知らないのです。ほとんど大聖堂に引きこもっていましたので、現代の流行や常識について教えていただけると助かります」

「えっ、ええっ!?」

カオはひたすら困惑する。

雲の上にいた人物とともに行動する羽目になるなんて信じられない。しかも、教皇はちょっと怖い。

その上、聖人として生きてきたカオたちも、彼と同じく十二分に世間知らずだ。

(でも……)

ふと、近くで放心している兄の様子を窺う。教皇と一緒なら、ネアンも元気を取り戻すかもしれない。

ミュスクルを見上げると、彼もカオの言いたいことを理解したかのように頷いた。

「教皇様、ボクたち、一緒について行きたい……！」

モーター教の掟《おきて》に興味がなく、それでいて魔法の実力もある彼の傍なら、この先自分たちは制裁を受けずに済むに違いない。

カオの言葉を受け入れた教皇は小さく微笑《ほほえ》む。

「では行きましょう。私のことはランスと呼んでください。教皇だと目立っちゃうでしょう？」

どういう巡り合わせかはわからないけれど、聖人二人と聖騎士は、教皇と一緒に各地を旅して回ることになったのだった。

「そうだ、私、モーター教に代わる新しい宗教を開こうと思うんです」

出発してすぐ、教皇が突拍子もないことを言い出した。

「はあ？　教こ……ランス様、何言ってんの？」

「その名も、アウローラ教。伝説の魔女アウローラを称《たた》えて称えて称えまくる、これ以上ないほど素晴らしい宗教です」

とんでもない発言を聞いたカオは顔を引きつらせる。

（……早くも不安になってきた。ボク、人生の選択を間違っちゃったかなあ？）

そんなカオの様子などお構いなしに、元教皇はアウローラ教の構想について、楽しそうに話をし続けるのだった。

※

目が覚めた私は、レーヴル王国の王宮にいた。

あのあと、フレーシュの部下たちが駆けつけ、私たちに回復するための部屋を提供してくれ、身の回りの細々とした世話も引き受けてくれたらしい。

(至れり尽くせりだわ)

彼らに聞いたところ、シャールたちも王宮内に滞在しているようだった。

皆、ボロボロの状態で屋敷に転移するより、その方がいいと判断したらしい。

メルキュール家の屋敷は今、子供たちが協力して回しているという。

王位争いは終わり、城内は落ち着きを取り戻していた。

世話をしに来てくれたフレーシュの部下が、レーヴル王国の王位争いの顚末《てんまつ》も教えてくれた。

結局フレーシュが次の王になることが決まり、騒ぎを起こした王弟は捕らえられたそうだ。

これからレーヴル王国は「魔法使いを差別しない国」に生まれ変わるという。もし本当なら、引っ越し先の候補に入れていいかもしれない。

現在、フレーシュはエポカが起こした事件の事後処理で、慌ただしく動き回っているとのこと。

私たちと同じく城に滞在していたエペは、ある程度回復したところで、部下たちと一緒にオングル帝国の拠点へ帰って行ったらしい。「やることがある」と言っていたそうなので、商会としての仕事が立て込んでいるのかもしれない。

ランスは私に謝罪を残し、「モーター教を解散させてきます」と告げたきり、ふらりと姿を消してしまったとか。彼の言葉通り、レーヴル王国にあるマンブル大聖堂は、すでに閉鎖されたようだった。残った元モーター教徒たちは、どうなるのだろう。

私が考えても仕方がないが、今まで信じてきた全てが覆されるのは、信心深い人々にとってかなりショックな出来事だろう。

「……あら、私の魔力、少しは戻ったみたいね」

私が眠っている間に、シャールが均衡の崩れた転生魔法を完全に修復してくれたのか、体の調子もよくなっている。応急処置だけだと不具合もあったので、ありがたかった。

ベッドから下りると、私の目覚めを知らされたシャールが、すぐに別室から駆けつけてきた。部屋の中へ迎え入れると、彼は今までの状況をかいつまんで話してくれる。

立ち話もなんなので、私たちは並んでベッドに腰掛けた。

「シャール、あなたが元気そうでよかった。皆は……」

「双子も無事だ。私も転移が可能な程度の魔力は戻った。お前が気にかけていたハリネズミたちは一旦うちに避難しているが、最終的にここで飼育されることになったらしい。あの王子が飼うそうだ。『いつでもハリネズミに会うために遊びに来てね』などと、ふざけたことをぬかしていた」

可愛《かわい》いハリネズミに会えるのは、ちょっと心引かれるものがある。

（様子を見つつ、そのうち人間に戻してあげなきゃだけど）

くすりと笑うと、こちらを眺めていたシャールと目が合った。彼の姿を見つめていると、やはり理由もなく落ち着かない気持ちになる。特に今は。

「ねえ、シャール。気になっていたんだけど、なんでランスに魔法をかけられたとき、私にキスしたの？」

「……？　したくなったからだ」

相変わらずの答えが返ってきたが、私はそれだけでは納得できない。

「別に唇じゃなくてもよかったでしょ？　だって、それって」

「愛し合う相手に口づけて何が悪い？　お前も嫌がっていなかっただろう」

シャールは至極真面目な表情で言い切った。虚を衝《つ》かれた私は、しぱしぱと瞬《まばた》きを繰り返す。

「あ、愛し合う？」

声も裏返ってしまった。シャールの発言に頭がついていかない。

なんせ私は前世も今世も、愛やら恋やらに縁のない魔法使いなのだ。

「ラム、前々から思っていたが、お前は世間一般の人間と比べて鈍すぎる」

ちょっとむっとした表情のシャールは、片手を伸ばしてむぎゅっと私の鼻をつまむ。私は唇を尖《とが》らせた。

「シャールは、私のことを本当に愛してるの？」

「だから、そう言っている。ずっと『気に入っている』と告げていたはずだが？」

たしかに、彼は度々そのような発言をしていた。しかし、私はまったくそれを真に受けていなかったのだ。

「あなたが、面白がっているだけかと思っていたわ」

私の言葉を聞いたシャールが「あのな……」と、大きなため息を吐《つ》く。ちょっとショックを受けている様子だ。

「普通に考えて、ただおもしろいだけの相手に、口づけるわけがないだろう」

「……それは。えっと、そうね」

誰彼構わずキスして回るなんて変態だ。

シャールのような性格の人間が、そのような真似を進んでするとは考えにくい。

「ラム、私は待った。お前が素直に自分の気持ちを認めるようになるまで、ずっと見守っていた。だが、今のお前の様子を見て、このままではそんな日は来ないとわかった」

シャールと私は正面から互いを見つめ合う。彼の視線が若干痛い。

「私のことが好きだと、いい加減認めろ」

「……いきなり何を言い出すのよ」

「前にお前が告白まがいの真似をしてきたときから確信していた」

「だから、何を……」

「私を見るたびに顔を赤くして慌てたり、緊張から挙動不審になったりするのだろう？」

そういえば、以前屋敷で倒れた際に、シャールにそんな話をしてしまった。

「事実、お前は自分で話したままの反応を見せていたし、一度も私を拒まなかった。別の男の前でそうならないことも確認済みだ。最近では白目を剝《む》いて気絶する頻度もかなり減ったと思うが？」

シャールは淡々と事実を告げる。

言われれば言われるほど、彼の言葉の通りだった。反論できず、気まずくなった私は俯く。

（ずっと観察されていたなんて恥ずかしすぎるわ）

一旦心を落ち着かせるため、その場を離れようと動いたら、シャールに両手を捕らえられてその場に押し倒される。もう逃げられない。

（でも……ううん、シャールは本気で向き合ってくれているのに、逃げるのは駄目よ）

彼はいつでもまっすぐだ。言葉を飾ったり誤魔化したりするような、ずるい真似は絶対にしない。

（だから、私も同じように自分の言葉で返さないと）

改めて、これまでのシャールとの関係について考える。

大変な状況のとき、いつだってシャールは私を一番近くで助けてくれた。クリミネの街でも、エペの住居でも、エポカとの戦いでも。

彼の身に余る事態が起きたって怯《ひる》まず、常に私を守ることを優先して動いてくれたのだ。

そうしていつもまっすぐに、想像以上の成長を遂げていく。

（今回だって）

最後までシャールが傍にいてくれたことで、私は物理的な面だけでなく、精神的にも救われた。

彼は意地でも私を一人にしない。私自身が一人になろうとしても反論して勝手についてくる。

決して口には出さないけれど、エポカとの戦いの際、シャールの行動がどれほど心強かったか。

シャールはアウローラに並び立とうと、本気で考えているようで。

いつか、対等に魔法で活躍できる日が来るのかもしれないと淡い期待を抱いてしまう。

私は魔法が大好きだけれど、師匠以外に同じ世界を見られる人がいなくて。

だからこそ、彼女がいなくなったあとは、一番魔法の扱いが上手な自分が全てをなんとかしなければと、いつも気負っている部分があった。

(自分で突っ走っておいて、身勝手極まりない話だけど。そういう部分が寂しいと言えば、寂しかったから。一緒に重荷を背負おうとしてくれた、彼の気持ちが嬉しかった)

私がシャールに特別な感情を抱いているのかといえば、そうかもしれない。

きっと、いつでも全力で私の傍に居続けてくれる彼に惹《ひ》かれ、時間をかけてほだされていったのだろう。シャールが傍にいると気持ちが安定するのと同時に、気恥ずかしくもなる。でもそれが嫌じゃない。

だとすれば、全部が全部シャールの発言通りになってしまっている。

「これが人に恋をするということなのかしら」

口に出すと、余計に恥ずかしさが増した。

「だから、そうだと言っている」

表情を変えないまま私を見下ろし、シャールは淡々と答える。

凪《な》いだ彼の顔を見ているうちに、どうしてだか自分の発言がストンと腑《ふ》に落ちた。

「……そう、これが恋愛というものなのね」

一旦、自分の気持ちを認めると、再び羞恥心に襲われる。

だが、シャールはそんな私を静かに見守り、優しく手を差し伸べて頬に触れた。

「ラム、私はお前を愛していて、お前は私を愛している。なんの問題もない」

「そう、かしら?」

「私たちは夫婦だろう」

不思議と、だんだんそのような気がしてくる。シャールの言う通りで、特に困ることもないように思えた。

私はまだ頬や耳に熱さを感じながら、目の前の相手を見つめ直す。

すると、シャールがゆっくりと体を傾け、二人の唇が重なった。優しくてひんやりした感触に、私がそれまで考えていた些細《ささい》な戸惑いが霞《かす》んでいく。

(もう、離婚できないわね)

ぼうっとする頭の片隅で、とりとめのないことを考える。

そして、この日から私に対し、シャールは今まで以上に、当たり前に好意を示すようになった。

幸せだけれど、なかなかに照れくさい日々を私は送ることになる。

※

うっそうと生い茂る大樹の深緑が頭上を覆う静かな地で、一人の青年が立ち尽くしていた。

「また輝きが一つ消えた」

あたりには巨木をくり抜いてできた住居がぽつぽつと、不規則に並んでいる。

青年はそのうちの一軒に向かった。

「フィーニス！　また同胞が死んだ！」

簡素な木のドアを乱暴に開き、青年は中にいる人物に向かって訴える。

青年の種族は、同族の死を感知することができるのだ。

だが、相手はどこまでも冷静で、興味なさそうに年季の入った安楽椅子に座り揺られている。

二十代後半の人間に見えるこの女性は、青年よりも遥《はる》かに長い時を生きていた。

「いちいち騒がないでください。……ああ、『彼』ですね。いつかこうなると思っていました」

あっさりした返事を聞き、青年は憤る。

「あんたは悔しくないの？　長年紡がれてきたエルフィン族の知見が、一瞬にして消えてしまうなんて」

「それが死というものですから」

青年は唇を噛《か》んだ。おそらくこの里の誰に聞いても、彼女と同じような答えが返ってくるだろう。

自分がこんなにも感情的に怒鳴ってしまうのは、きっと「半分が人間」だからだ。

そんな青年を眺めていたフィーニスは、彼女にしては珍しく言葉を付け足す。

「彼は人間に干渉しすぎました。もともと潮時だったのですよ」

「フィーニスの知っている相手だった？」

「……そうですね」

普段表情を変えることのない彼女が、僅かに眉を顰《ひそ》めたのが見えた。

「仲の悪いやつ？」

「いいえ、我々はそもそも、互いに関わりを持ちません。この里が少々特殊なのですよ」

「そうだったね」

青年が生まれ育ったこの森には、数人のエルフィン族が静かに暮らしている。

だが、本来エルフィン族は個人行動を好み、普通はばらばらに生きているのだとか。

フィーニス自身もそうして生きてきて、ある日ふらりとこの森に現れた。そうして、青年の母であるエルフィン族から、幼い子供だった自分を預けられた。

そのまま、母はふらりと森を出て行ったきりだ。自分を育てたのはフィーニスだと言っても、過言ではない。彼女は子育て経験のある非常に珍しいエルフィン族で、特に嫌がることもなく青年を育ててくれた。そうして、そのままこの場所で暮らし続けている。

青年はたまに里を出ることもあるが、いつも帰る場所はフィーニスのいる家だった。

里にいるのは男のエルフィン族ばかりなので、フィーニスと青年以外は魔法を使えない。引きこもりで実験者気質な彼らを手伝いつつ、自分たちは百年あまりを生きてきた。

青年は人間の父とエルフィン族の母の間に生まれたが、半分エルフィン族の血が流れているせいか、普通の人間よりもゆっくり年を取っている。

外見は二十代だが、青年自身は百歳を超えていた。

「それにしても、『彼』はどうして死んでしまったのでしょう。殺しても死なないくらいしぶとい性格に思えましたが」

普段は他人に関心を持たないフィーニスが妙に「彼」に執着している気がする。

「……フィーニス、やっぱりそいつのこと嫌いでしょ」

「会話をしたことはほとんどありませんよ。ただ、少々私怨があるのです」

答えると、フィーニスはどこか遠くを見つめるような目になった。

「嫌いなら、そいつに魔法をぶつけてやればいいのに。フィーニスなら楽勝でしょ？」

すると、彼女は疲れたような表情を浮かべ、投げやりに口を開く。

「考えたこともありましたが、もう人間の世自体に関わりたくありませんでした。うんざりです」

「俺も半分は人間だけど」

「あなたは特殊例ですよ。あの子と同じ……」

フィーニスが時折口に出す「あの子」は、青年の前に彼女が育てた子を指す。

前に「人間の女児だった」と聞いていたから、ずいぶん昔に寿命を迎えているはずだ。

「フィーニスの嫌っている同胞の死因、調べてあげようか？　あんたは面倒がって自分から動かないだろうから」

「……わざわざそんな真似をしなくても」

「俺自身が気になるんだ、勝手にさせてもらうね」

言うと、青年はそそくさと出かける準備をして木の扉を開く。

「しばらく里の外に出るよ。同胞の死因が判明したら帰ってくるから」

エルフィン族は腰がとても重いから、口でぐだぐだ言うだけで一切動かないことが大半だ。この百年で嫌と言うほど学んだ。

だから、自分が代わりに動くのだ。

「行ってきます、フィーニス」

「……くれぐれも人間の引き起こす厄介ごとには、首を突っ込まないように」

「フィーニスはいつもそう言うよね。大丈夫、人間の世に深入りはしないよ」

「ならいいです。気をつけて、ウェスペル」

青年は育ての親に向かって微笑み、最寄りの街に魔法で転移した。

番外編1 子供たちのお留守番

I was the countess who was too wea when reincarnated. The strongest witch of the past wants to lead a comfortable life.

テット王国の元国王、スピール二世はぶち切れていた。

「おのれ、生意気なメルキュール家め。余を侮辱したことを心の底から後悔させてやる！」

伯爵夫人のせいで、なぜか教皇の不興を買ったスピール二世は、早々に国王の地位から下ろされ、城の近くに隠居させられた。

「このような屈辱を余に与えるとは。魔力持ちどもめ、ただでは済まさないぞ！」

スピール二世はここ数日の間、メルキュール家の屋敷を部下に見張らせていた。

そして、今なら子供たちしか家にいないとの報告を受けた。伯爵や伯爵夫人など主要な魔力持ちである大人は、どこかへ出かけていて留守のようなのだ。

（しめしめ、今が狙い目だ。大人がいなければ、あんな家など簡単に蹂躙《じゅうりん》できる）

メルキュール家を襲い、破壊し、子供たちごと滅ぼす。それが、スピール二世の目的だった。

さっそく命令を下し、自慢の私兵たちを大勢メルキュール家に突入させる。自分は門の外で高みの見物だ。

（ふはは！　チョロいのう！　あの生意気な夫人の、悲しみと怒りに歪《ゆが》んだ顔を見るのが楽しみだ！　今さら謝っても、もう遅い！）

スピール二世の差し向けた兵士たちはメルキュール家を取り囲み、一斉に突撃した。しかし……。

「ぎゃあああああっ！　体がぁぁぁぁぁっ！」

兵士たちの悲鳴が各所で上がる。

「なっ、何が起こった!?」

メルキュール家の敷地に足を踏み込もうとした途端、兵士らはネバネバした不気味なものに体を絡め取られ、身動きが取れなくなってしまったのだ。

「なんだ、この不気味な物体は！」

スピール二世は慌てた。

(くそっ、こんなの、想定外だぞ。これも魔法の一種なのか？)

このままでは、誰一人として、メルキュール家の庭にすら入ることができない。

メルキュール家の周りは、すでにネバネバに引っかかった兵士たちでいっぱいだ。

(どうすれば……)

考えても何も思いつかない。もともと、魔法など専門外なのだ。

そこで、スピール二世は部下を残し、自分だけ屋敷へ逃げ帰ることに決めた。

後ろから助けを求める兵士の悲鳴が聞こえるが、今はそんなものに構っていられない。

数人の護衛だけを従え、何ごともなかったかのように、さっさとその場から退散したのだった。

一方、残された兵士は全員困惑していた。自分たちに命令を下したスピール二世が、急にいなくなってしまったからだ。こんな得体の知れない場所に取り残され、不安でたまらない。

（ここは恐ろしい魔力持ちの集うメルキュール家だ。俺たちは生きて戻れるのだろうか）

戸惑っていると、庭の方にトテトテと小さな子供たちが歩いてきた。

警戒心の欠片《かけら》もない彼らは、不思議そうに見慣れない兵士を眺めている。

（そうだ！　ガキどもを騙《だま》して、トラップを解除させ、我々を助けさせよう。自由になったら敷地内に突入し、全員を始末すれば任務完了だ）

一人の兵士が手を伸ばし、子供たちに優しく声をかける。

「すまないが、体が動かなくてね。おじさんたちを助けてくれないかい？」

子供たちはキョトンとした顔で兵士を見ている。純粋無垢《じゅんすいむく》な瞳が輝いた。

（もう少しだ。もう少しでガキどもに手が届く距離）

手が届きさえすれば、捕まえて、脅して言うことを聞かせる方法も取れる。

しかし、子供たちは兵士の呼びかけを無視し、固まってひそひそと相談をし始めた。予想外の展開だ。

そうして結論が出たのか、彼らは再びこちらを向いて声を上げる。

「トラップにかかった人は、みんな、悪いやつでしゅ！」

「こーげきヨシ！　じっけんヨシ！」

「あたち、年長組に知らせてくりゅ！　エモノが来たって！」

子供たちはこちらに向けて両手を構えている。一人はどこかへ走ってしまった。

（何をする気だ？）

やがて、残った子供たちの手に魔法らしき光が宿り始める。相手は子供だが、非常に嫌な気配がした。これはやばいやつだ。

兵士は本能的に危険を察知した。

「頭にきれーなお花畑をつくる魔法でしゅ！」

「じゃあ俺は、ぜんしんから、パンの匂いがする、まほーの、じっけん！」

加減を知らない子供たちは、容赦なくトラップにかかった兵士全員に魔法をかけて回り、メルキュール家の各所で大人たちの本気の悲鳴が上がった。

※

カノンは、屋敷内の自室で体を休ませていた。近くには様子を見に来たボンブとミーヌもいる。

エポカとの戦いでは大人の補助に回っていたが、それでも体に受けたダメージは大きい。ここにいれば、屋敷の使用人が介抱してくれた。

レーヴル王国での戦いのさなか、変質魔力の影響で体調を崩していたが、すぐに場所を移動したおかげで、体は着実に回復へ向かっている。

自分はあれ以上戦えなかったが、現当主であるシャールから、メルキュール家の管理を任されている。あの場で役に立てなかったなら、せめて与えられた任務だけは、きちんとこなさなければ。

カノンが次期当主としての責任を感じていると、不意に隣で寝ていたボンブが顔を上げた。同時に、学舎にいる小さな子供の一人が部屋に駆け込んでくる。

「悪い大人のエモノが、いっぱい！　みーんな、庭の網にかかった！」

「は？　網？　もしかして、魔法で作ったトラップのことか？」

ボンブの問いかけに、子供が「うん！」と元気よく頷《うなず》く。

「皆、もう、遊んでりゅ！　早く、いこー！　一緒に遊ぼーよ！」

「……俺、嫌な予感がしてきた」

ボンブがふらふらと立ち上がり、子供に手を引かれて行く。同じ場所で話を聞いていたカノンとミーヌも、彼らのあとに続いた。

そしてカノンたちが庭の外周に設置したトラップを確認したところ、パンの匂いのする巨大な花の塊が多数発見された。

「……なんだ、これは。トラップに変なのが引っかかってるぞ」

ボンブが唖然《あぜん》とした表情で、謎の物体を見上げている。

花の塊に一歩近づいたカノンは、それがわずかに動き、くぐもった声を発していることに気づいた。

「年少の子供の魔法で姿が変わっているけど……これ、元は人間みたいだ。話を聞くために、一体だけ戻してみようか」

子供たちがやらかした魔法を解くと、案の定、中から兵士の格好をした人間が出てきた。

あからさまに怯《おび》えきったその人間は、「スピール二世に命令されてメルキュール家に侵入した。知っていることは全て話すから命だけは助けてほしい」としきりに訴えている。

（スピール二世？　前国王と同じ名前だ）

彼の服は高そうで、王城にいる兵士の服のデザインとよく似ていた。話の内容は嘘《うそ》ではないかもしれない。

「ほかの花も兵士かな。そういえば、母上が元国王に喧嘩《けんか》を売ったんだっけ。兵士は全員子供たちにやられちゃったけど、メルキュール家に仕返しするつもりだったのか」

それにしても、逆恨みから母に報復しようだなんて許せないことだ。カノンは腹を立てた。

ここはメルキュール家の当主代理として、きちんとけじめをつけなければならない。

「僕、ちょっと仕事に出かけてくる。留守をお願い」

その言葉に何かを察したボンブとミーヌが素早く反応する。

「え、カノン、体は大丈夫？　元国王相手に仕返ししちゃうの？」

「じゃあ、俺は留守番しといてやるよ。チビたちがまだ満足していないようだし、何人か連れていってやれば？」

彼らの言葉に頷いたカノンは、小さな子供を何人か連れて、隠居後のスピール二世が暮らしている王都の建物へ向かった。

そして翌日、建物の中にいた人間が皆、全身からパンの匂いを漂わせ、倒れている姿で発見された。命に別状はないらしい。

中でも、スピール二世は全身をパンと花で覆われたまま、氷付けにされており、その氷からは可愛《かわい》らしい羽ペンと海藻がたくさん生えていたそうな。怪奇現象である。

テット王国の王都に住む人々はしばらくの間、奇妙な怪談話で大いに盛り上がったのだった。

番外編 2 間男と正夫の事情

レーヴル王国からテット王国にあるメルキュール家へ帰った私たちに、またいつもの日常が戻ってくる。

記憶が蘇《よみがえ》ってから、なかなか体調のいい私は、メルキュール家の大人たちと真剣に引っ越しについて考え始めるようになった。

というのも、テット王国の居心地が悪いからである。

今も私とシャールは、昼の光が差し込む執務室のソファーに並んで腰掛け、今後の行き先について相談していた。

テーブルに置かれているのは、この大陸の大まかな地図だ。

実は私たちの留守を狙って、前国王であるスピール二世が我が家にちょっかいをかけてきたのだ。

卑怯《ひきょう》なスピール二世は、私やシャールに直接仕返しせず、わざと留守を狙ってきた。

幸い見事にトラップに引っかかり、その後は子供たちに撃退されたそうだが、今後も同じような事態が起こると困る。特に小さな子供たちが危険にさらされるのは避けたい。

今後は子供たちも自由に屋敷の外へ出して、世間を知ってもらおうと思っていた矢先の出来事だったので、尚更《なおさら》複雑な気持ちになった。

「ラム、今後の引っ越しは必要だが、お前はガキ共に対して過保護すぎる」

「シャールは放任がすぎるわ。グルダンのことだって……」

「……」

シャールは何も言えなくなった。

あれからグルダンは頻繁に部屋を脱走したり、牢屋《ろうや》を脱走したり、屋敷を脱走したりを繰り返している。そのたびに、逆恨みから余計な真似《まね》をしようと企《たくら》むので、魔力を封じた上で屋敷から追放した。

追放役は双子に頼んでいる。彼らは「森に捨ててきた」などと話していたが、いったいどこの森に置いてきたのだろう。ちょっと気になる。

「引っ越しの話に戻るけど、さっき海の見えるいい場所を見つけたの」

「……さっき？」

「ええ、フレーシュ殿下が伝達魔法で教えてくれたんだけど、レーヴル王国の海上の孤島が丸々空いてるって」

「はあ？　あの王子、何がなんでもラムを自国へ引き入れようとしているな」

「条件は悪くないのよ。レーヴル王国は急速に立て直しが進んでいて、魔法使いへの差別をなくす方向で動いてる。場所も孤島だから、他から干渉されずにのんびりできるわ」

転移魔法を習得しているので、私たちは孤島住みでも問題なく暮らせる。

魔法を使えない使用人向けには、常時発動型の転移魔法アイテムを作ればなんとかなるはずだ。

テット王国の使用人は、ついてきてくれる人だけ残して、あとはレーヴル王国で雇えばいい。

「私たちはまだ、この世界のことをあまり知らないでしょ？　定住場所を決めるまでの間、一時的に住むのにどうかしら」

シャールはしばらく考えたあと、唐突に私の方を向いた。

「なあ、ラム」

「どうしたの」

「せっかく二人きりでいるのに、いつまで引っ越しの話をするつもりだ？」

「ん……？」

顔を上げた私は、シャールの方を見て首を傾《かし》げる。

すると、彼はいつものようにため息を吐《つ》いた。最近、ため息ばかり吐かれている気がする。

「他に何か用事があるの？」

「お前に人並みの恋愛観を期待した私が愚かだった。やはり、エルフィン族に育てられた影響なのか？」

言いたい放題のシャールは、そのまま私の方へ体を寄せてこめかみに口づけた。

「シャール、重いわよ」

若干自分にもたれかかっている彼をぐいぐいと押し戻す。

「……情緒もへったくれもない」

そう告げつつも、シャールは笑っていた。

私が言うのもなんだけれど、不思議な夫である。

でも、そんな彼に私はしっかりほだされているのだ。

「話は変わるけど、私の師匠捜しもそろそろ始めようと思うの。エルフィン族の隠れ里の情報を持っていたランスがいなくなっちゃったから、どうしたものかと考えているのだけれど」

「探知できないのか？」

「できるわよ。でも、あの子が自らの意思で私の元を離れたのに、強引に召喚していいのかしらと思って」

するとと、僅かに沈黙が落ちる。

「……そのことだが。私は最近、あの間男と伝達魔法で連絡を取り合っている」

シャールはやや気まずそうに告げた。

「なんですって？　あなたたち、そんなに仲がよかった？」

「仲はよくないが利害が一致した。時折、近況報告をし合うくらいの関係だが」

言うと、彼は懐から一枚の身分証明書のようなカードを取り出す。

「最近送られてきたものだ。『アウローラ教信者』の証《あかし》らしい」

話がよくわからず、私は怪しいカードをじっと見つめた。

「……なんなのこれは？」

「間男はモーター教を解散し、新たにアウローラ教を創設したと言っていた。それで、私に正当な信者の証とやらを一方的に送りつけてきたのだ」

「あの子ったら、また私に黙って勝手なことを……！」

やっと教皇を辞めたというのに、自ら舞い戻ってどうする気なのだろう。

（しかも、内緒で宗教を開くなんて！）

今度会ったら、再び話し合う必要がある。

「ところでシャール、あなたは、その怪しい信者の証をいつも懐に入れて、肌身離さず持っているわけ？」

私に取られると思ったのか、シャールはそそくさと、信者の証を懐へ戻した。

「怪しくはない。私はモーター教からアウローラ教に、正式に改宗したのだ」

私はうろんな目でシャールを見る。それは初耳だ。

だが、シャールのことだから、喜んであっさり改宗してしまったのだろうというのも、簡単に想像できる。

「でもまあ……」

言葉を切ったシャールは、私を抱き寄せて満足そうに微笑《ほほえ》む。

「こんな紙切れがなくとも、お前の傍《そば》にいられるならなんでもいい」

そんな風に言うなんてずるい。これ以上お説教できなくなってしまう。

私は黙ってシャールの胸に身を預けたのだった。

あとがき

このたびは「転生先が気弱すぎる伯爵夫人だった3～前世最強魔女は快適生活を送りたい～」（書いていて思いましたが、タイトルが長いですね）をお手にとっていただきまして、誠にありがとうございます。ここまでお付き合いくださり、ありがとうございました！


3巻では弟子たちが揃《そろ》い、モーター教に関する問題がひとまず落ち着きました。

WEB版ではこのあと、とある島へ移住してめでたしめでたし（完結）なのですが、書籍版では新たな動きが……。

そうです。彼女、生きていました。

メルキュール家もまた、ガンガン突き進んでいくと思います。


大変美麗なイラストは今回もTCB先生が描いてくださりました！

ラムもシャールも背景も美美美美美美美美！

毎回表紙データを見せていただく際に「おおっ」と、ときめきが止まりません。3巻はラムの真っ赤なドレスと薔薇《ばら》の花びらがとても情熱的！

ラムとシャールの距離感も、1巻や2巻よりも近くて二人の関係の変化が見られてニマニマします。さらにランスも大変麗しい姿で、イラスト確認した日は丸一日元気でいられました。

2巻がフレーシュ、3巻がランスでしたので、いつかどこかでエペも出してあげられたらいいなあと勝手に思っています。


今回もまた加筆修正部分で懲りずにオロオロしていた私です。

何度も編集様に助けていただき、なんとか3巻を世に出していただくことができました。

気弱すぎる伯爵夫人でも芋くさ令嬢でも、お世話になりっぱなしであります。

この場をお借りしまして編集様、本書に携わってくださった全ての皆様に改めてお礼を申し上げます。いつも本当にありがとうございます。


多くの読者様に支えられ、「転生先が気弱すぎる伯爵夫人だった3〜前世最強魔女は快適生活を送りたい〜」（やっぱりタイトルが長いですよね）を書き上げることができましたこと、心より感謝申し上げます！

また、お目にかかれますように！

桜あげは

作品のご感想、
ファンレターを
お待ちしています

あて先

〒141-0031　東京都品川区西五反田 8-1-5 五反田光和ビル4階
オーバーラップ編集部
「桜あげは」先生係／「TCB」先生係

スマホ、PCからWEBアンケートにご協力ください

アンケートにご協力いただいた方には、下記スペシャルコンテンツをプレゼントします。
★本書イラストの「無料壁紙」　★毎月10名様に抽選で「図書カード（1000円分）」

公式HPもしくは左記の二次元バーコードまたはURLよりアクセスしてください。
▶ **https://over-lap.co.jp/824005311**
※スマートフォンとPCからのアクセスにのみ対応しております。
※サイトへのアクセスや登録時に発生する通信費等はご負担ください。

オーバーラップノベルスｆ公式HP ▶ **https://over-lap.co.jp/lnv/**

転生先が気弱すぎる伯爵夫人だった 3
～前世最強魔女は快適生活を送りたい～

発行　2023年6月25日　初版第一刷発行
著者　桜あげは
イラスト　TCB
発行者　永田勝治
発行所　株式会社オーバーラップ
〒141-0031
東京都品川区西五反田 8-1-5
校正・DTP　株式会社鷗来堂
印刷・製本　大日本印刷株式会社

ISBN 978-4-8240-0531-1 C0093

【オーバーラップ　カスタマーサポート】
電話　03-6219-0850
受付時間　10時～18時（土日祝日をのぞく）

暁の魔女レイシーは
自由に生きたい
雨傘ヒョウゴ
illust 京一
～魔王討伐を終えたので、のんびりお店を開きます～
★★★
「小説家になろう」発、第7回WEB小説大賞『金賞』受賞!
OVERLAP NOVELS f
臆病な最強魔女の「何でも屋」ライフスタート!
魔王討伐の報酬として「自由に生きたい」と願ったレイシー。願いは叶えられ、国からの解放と田舎に屋敷を得た。そんな田舎は困りごとも多いようで、役に立ちたいと考えたレイシーは『何でも屋』を開店!　けれど彼女が行うこと、生み出すものは規格外で……?

第11回 オーバーラップ文庫大賞
原稿募集中！
イラスト：じゃいあん
【締め切り】
第1ターン 2023年6月末日
第2ターン 2023年12月末日
各ターンの締め切り後4ヶ月以内に佳作を発表。通期で佳作に選出された作品の中から、「大賞」、「金賞」、「銀賞」を選出します。
その物語は、
きっと誰かが
好きな物語。
【賞金】
大賞…300万円
（3巻刊行確約＋コミカライズ確約）
金賞……100万円
（3巻刊行確約）
銀賞………30万円
（2巻刊行確約）
佳作………10万円
投稿はオンラインで！ 結果も評価シートもサイトをチェック！
https://over-lap.co.jp/bunko/award/
〈オーバーラップ文庫大賞オンライン〉
※最新情報および応募詳細については上記サイトをご覧ください。
※紙での応募受付は行っておりません。